人走茶未凉

汪曾祺 著

云南人民出版社

图书在版编目（CIP）数据

人走茶未凉 / 汪曾祺著. -- 昆明：云南人民出版社，2025.4. -- ISBN 978-7-222-23284-6

Ⅰ.I267

中国国家版本馆CIP数据核字第2025R18E34号

项目策划：尚　语　刘　焰　李明珠
责任编辑：刘　焰
助理编辑：李明珠
责任校对：董郎文清
封面设计：叶　岑
插　　画：叶　岑
责任印刷：窦雪松

人走茶未凉
REN ZOU CHA WEI LIANG

汪曾祺◎著

出　　版	云南人民出版社
发　　行	云南人民出版社
社　　址	昆明市环城西路609号
邮　　编	650034
网　　址	http://ynpress.yunshow.com
E-mail	ynrms@sina.com
开　　本	889mm×1194mm　1/32
印　　张	6.5
字　　数	110千
版　　次	2025年4月第1版第1次印刷
印　　刷	云南出版印刷集团有限责任公司华印分公司
书　　号	ISBN 978-7-222-23284-6
定　　价	58.00元

云南人民出版社微信公众号

如需购买图书，反馈意见，请与我社联系。
图书发行电话：0871-64107659

目录

翠湖心影 // 001

昆明的雨 // 010

观音寺 // 016

白马庙 // 023

凤翥街 // 028

背东西的兽物 // 038

新校舍 // 047

跑警报 // 059

泡茶馆 // 071

七载云烟 // 083

晚翠园曲会 // 099

炸弹和冰糖莲子 // 112

闻一多先生上课 // 116

金岳霖先生 // 121

沈从文先生在西南联大 // 129

吴雨僧先生二三事 // 141

米线和饵块 // 147

昆明的吃食 // 156

昆明食菌 // 172

昆明的果品 // 177

昆明的花 // 186

昆明年俗 // 195

翠湖心影

有一个姑娘,牙长得好。有人问她:

"姑娘,你多大了?"

"十七。"

"住在哪里?"

"翠湖西。"

"爱吃什么?"

"辣子鸡。"

过了两天，姑娘摔了一跤，磕掉了门牙。有人问她：

"姑娘多大了？"

"十五。"

"住在哪里？"

"翠湖。"

"爱吃什么？"

"麻婆豆腐。"

这是我在四十四年前听到的一个笑话。当时觉得很无聊（是在一个座谈会上听一个本地才子说的）。现在想起来觉得很亲切。因为它让我想起翠湖。

昆明和翠湖分不开，很多城市都有湖。杭州西湖、济南大明湖、扬州瘦西湖。然而这些湖和城的关系都还不是那样密切。似乎把这些湖挪开，城市也还是城市。翠湖可不能挪开。没有翠湖，昆明就不成其为昆明了。翠湖在城里，而且几乎就挨着市中心。城中有湖，这在中国，在世界上，都是不多的。说某某湖是某某城的眼睛，这是一个俗得不能再俗的比喻了。然而说到翠湖，这个比喻还是躲不开。只能说：翠湖是昆明的眼睛。有什么办法呢，因为它非常贴切。

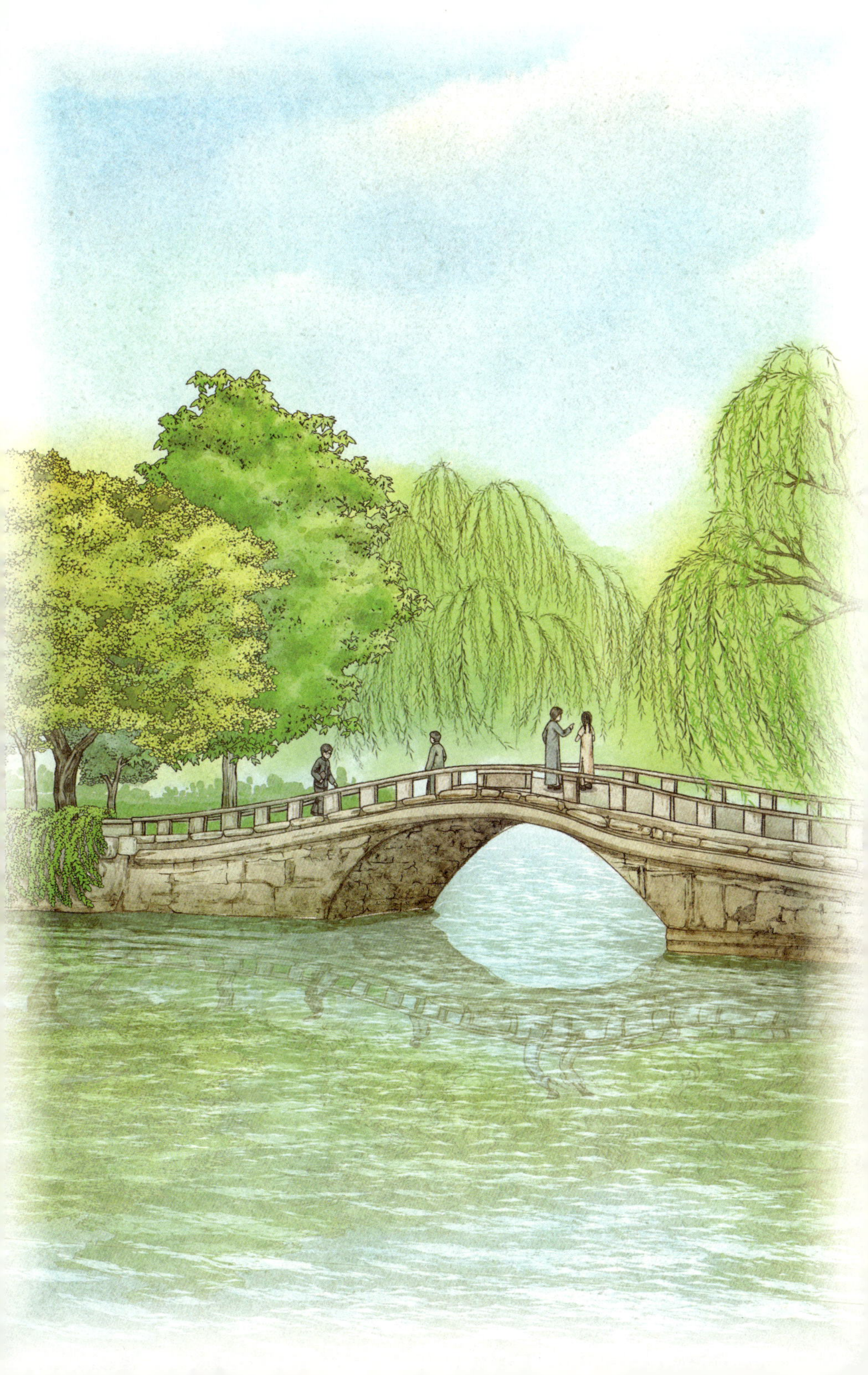

翠湖是一片湖，同时也是一条路。城中有湖，并不妨碍交通。湖之中，有一条很整齐的贯通南北的大路。从文林街、先生坡、府甬道，到华山南道、正义路，这是一条直达的捷径——否则就要走翠湖东路或翠湖西路，那就绕远多了。昆明人特意来游翠湖的也有，不多。多数人只是从这里穿过。翠湖中游人少而行人多。但是行人到了翠湖，也就成了游人了。从喧嚣扰攘的闹市和刻板枯燥的机关里，匆匆忙忙地走过来，一进了翠湖，即刻就会觉得浑身轻松下来；生活的重压、柴米油盐、委屈烦恼，就会冲淡一些。人们不知不觉地放慢了脚步，甚至可以停下来，在路边的石凳上坐一坐，抽一支烟，四边看看。即使仍在匆忙地赶路，人在湖光树影中，精神也很不一样了。翠湖每天每日，给了昆明人多少浮世的安慰和精神的疗养啊。因此，昆明人——包括外来的游子，对翠湖充满感激。

翠湖这个名字起得好！湖不大，也不小，正合适。小了，不够一游；太大了，游起来怪累。湖的周围和湖中都有堤。堤边密密地栽着树。树都很高大。主要的是垂柳。"秋尽江南草未凋"，昆明的树好像到了冬天也还是绿的。尤其是雨季，翠湖的柳树真是绿得好像要滴下来。湖水极清。我的印象里翠湖似没有蚊子。

夏天的夜晚，我们在湖中漫步或在堤边浅草中坐卧，好像都没有被蚊子咬过。湖水常年盈满。我在昆明住了七年，没有看见过翠湖干得见了底。偶尔接连下了几天大雨，湖水涨了，湖中的大路也被淹没，不能通过了。但这样的时候很少。翠湖的水不深。浅处没膝，深处也不过齐腰。因此没有人到这里来自杀。我们有一个广东籍的同学，因为失恋，曾投过翠湖。但是他下湖在水里走了一截，又爬上来了。因为他大概还不太想死，而且翠湖里也淹不死人。翠湖不种荷花，但是有许多水浮莲。肥厚碧绿的猪耳状的叶子，开着一望无际的粉紫色的蝶形的花，很热闹。我是在翠湖才认识这种水生植物的。我以后也再没看到过这样大片大片的水浮莲。湖中多红鱼，很大，都有一尺多长。这些鱼已经习惯于人声脚步，见人不惊，整天只是安安静静地、悠然地浮沉游动着。有时夜晚从湖中大路上过，会忽然泼剌一声，从湖心跃起一条极大的大鱼，吓你一跳。湖水、柳树、粉紫色的水浮莲、红鱼，共同组成一个印象：翠。

一九三九的夏天，我到昆明来考大学，寄住在青莲街的同济中学的宿舍里，几乎每天都要到翠湖。学校已经发了榜，还没有开学，我们除了骑马到黑龙潭、金殿，坐船到大观楼，就是到翠湖图书馆去看书。这是我这一生去过次数最多的一个图书馆，也是印象极佳的一个图书馆。图书馆不大，形制有一点像一个道观。

非常安静整洁。有一个侧院,院里种了好多盆白茶花。这些白茶花有时整天没有一个人来看它,就只是安安静静地欣然地开着。图书馆的管理员是一个妙人。他没有准确的上下班时间。有时我们去得早了,他还没有来,门没有开,我们就在外面等着。他来了,谁也不理,开了门,走进阅览室,把壁上一个不走的挂钟的时针"喀拉拉"一拨,拨到八点,这就上班了,开始借书。这个图书馆的藏书室在楼上。楼板上挖出一个长方形的洞,从洞里用绳子吊下一个长方形的木盘。借书人开好借书单——管理员把借书单叫作"飞子",昆明人把一切不大的纸片都叫作"飞子",买米的发票、包裹单、汽车票,都叫"飞子"——这位管理员看一看,放在木盘里,一拽旁边的铃铛,"嘟嘟",木盘就从洞里吊上去了——上面大概有个滑车。不一会儿,上面拽一下铃铛,木盘又系了下来,你要的书来了。这种古老而有趣的借书手续我以后再也没有见过。这个小图书馆藏书似不少,而且有些善本。我们想看的书大都能够借到。过了两三个小时,这位干瘦而沉默得有点像陈老莲画出来的古典的图书管理员站起来,把壁上不走的挂钟的时针"喀拉拉"一拨,拨到十二点:下班!我们对他这种有意为之的计时方法完全没有意见。因为我们没有一定要看完的书,到这里来只是享受一点安静。我们看书,是没有目的的,从《南诏国志》到福尔摩斯,逮着什么看什么。

翠湖图书馆现在还有么？这位图书管理员大概早已作古了。不知道为什么，我会常常想起他来，并和我所认识的几个孤独、贫穷而有点怪癖的小知识分子的印象掺和在一起，越来越鲜明。总有一天，这个人物的形象会出现在我的小说里的。

翠湖的好处是建筑物少。我最怕风景区挤满了亭台楼阁。除了翠湖图书馆，有一簇洋房，是法国人开的翠湖饭店。这所饭店似乎是终年空着的。大门虽开着，但我从未见过有人进去，不论是中国人还是法国人。此外，大路之东，有几间黑瓦朱栏的平房，狭长的，按形制似应该叫作"轩"。也许里面是有一方题作什么轩的横匾的，但是我记不得了。也许根本没有。轩里有一阵曾有人卖过面点，大概因为生意不好，停歇了。轩内空荡荡的，没有桌椅。只在廊下有一个卖"糠虾"的老婆婆。"糠虾"是只有皮壳没有肉的小虾。晒干了，卖给游人喂鱼。花极少的钱，便可从老婆婆手里买半碗，一把一把撒在水里，一尺多长的红鱼就很兴奋地游过来，抢食水面的糠虾，唼喋有声。糠虾喂完，人鱼俱散，轩中又是空荡荡的，剩下老婆婆一个人寂然地坐在那里。

路东伸进湖水，有一个半岛。半岛上有一个两层的楼阁。阁上是个茶馆。茶馆的地势很好，四面有窗，入目都是湖水。夏天，在阁子上喝茶，很凉快。这家茶馆，夏天，是到了晚上还卖茶的（昆明的茶馆都是这样，收市很晚），我们有时会一直坐到十点多钟。茶馆卖盖碗茶，还卖炒葵花子、南瓜子、花生米，都装在一个白铁敲成的方碟子里，昆明的茶馆记账的方法有点特别：瓜子、花生，都是一个价钱，按碟算。喝完了茶，"收茶钱！"堂倌走过来，数一数碟子，就报出个钱数。我们的同学有时临窗饮茶，嗑完一碟瓜子，随手把铁皮碟往外一扔，"Pia——"碟子就落进了水里。堂倌算账，还是照碟算。这些堂倌们晚上清点时，自然会发现碟子少了，并且也一定会知道这些碟子上哪里去了。但是从来没有一次收茶钱时因此和顾客吵起来过；并且在提着大铜壶用"凤凰三点头"手法为客人续水时也从不拿眼睛"贼"着客人。把瓜子碟扔进水里，自然是不大道德。不过堂倌不那么斤斤计较的风度却是很可佩服的。

除了到昆明图书馆看书、喝茶，我们更多的时候是到翠湖去"穷遛"。这"穷遛"有两层意思，一是不名一钱地遛，一是无穷无尽地遛。"园日涉以成趣"，我们遛翠湖没有个够的时候。尤其是晚上，踏着斑驳的月光树影，可以在湖里一遛遛好几圈。一面走，一面海阔天空，高谈阔论。我们那时都是二十岁上下的人，似乎有很多话要说、可说，我们都说了些什么呢？我现在一句都记不得了！

我是一九四六年离开昆明的。一别翠湖，已经三十八年了，时间过得真快！

我是很想念翠湖的。

前几年，听说因为搞什么"建设"，挖断了水脉，翠湖没有水了。我听了，觉得怅然，而且，愤怒了。这是怎么搞的？谁搞的？翠湖会成了什么样子呢？那些树呢？那些水浮莲呢？那些鱼呢？

最近听说，翠湖又有水了，我高兴！我当然会想到这是三中全会带来的好处。这是拨乱反正。

但是我又听说，翠湖现在很热闹，经常举办"蛇展"什么的，我又有点担心。这又会成了什么样子呢？我不反对翠湖游人多，甚至可以有游艇，甚至可以设立摊棚卖破酥包子、焖鸡米线、冰激凌、雪糕，但是最好不要搞"蛇展"。我希望还我一个明爽安静的翠湖。我想这也是很多昆明人的希望。

一九八四年五月九日

昆明的雨

宁坤要我给他画一张画，要有昆明的特点。我想了一些时候，画了一幅：右上角画了一片倒挂着的浓绿的仙人掌，末端开出一朵金黄色的花；左下画了几朵青头菌和牛肝菌。题了这样几行字：

昆明人家常于门头挂仙人掌一片以辟邪，仙人掌悬空倒挂，尚能存活开花。于此可见仙人掌生命之顽强，亦可见昆明雨季空气之湿润。雨季则有青头菌、牛肝菌，味极鲜腴。

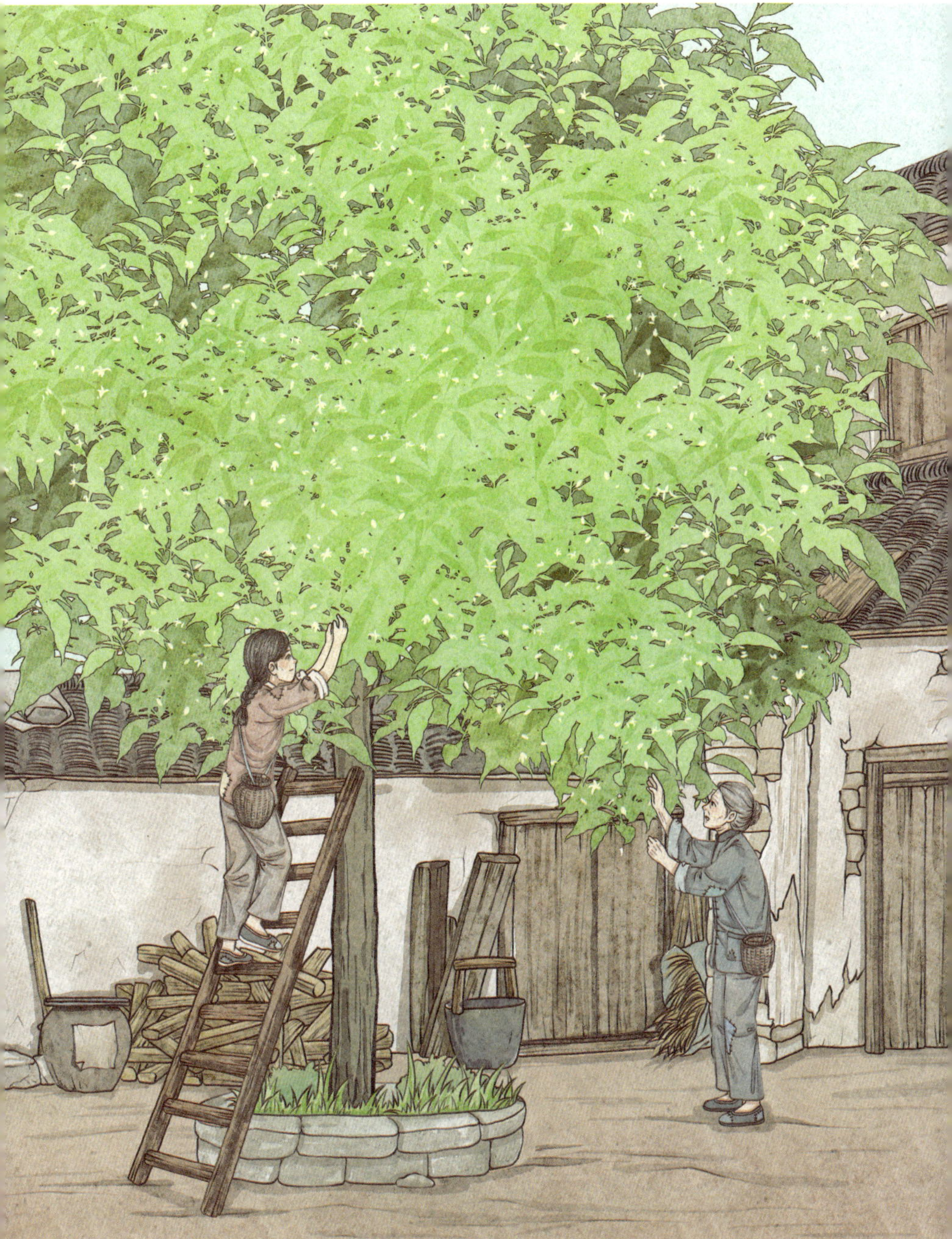

我想念昆明的雨。

我以前不知道有所谓雨季。"雨季",是到昆明以后才有了具体感受的。

我不记得昆明的雨季有多长,从几月到几月,好像是相当长的。但是并不使人厌烦。因为是下下停停、停停下下,不是连绵不断,下起来没完。而且并不使人气闷。我觉得昆明雨季气压不低,人很舒服。

昆明的雨季是明亮的、丰满的,使人动情的。城春草木深,孟夏草木长。昆明的雨季,是浓绿的。草木的枝叶里的水分都到了饱和状态,显示出过分的、近于夸张的旺盛。

我的那张画是写实的。我确实亲眼看见过倒挂着还能开花的仙人掌。旧日昆明人家门头上用以辟邪的多是这样一些东西:一面小镜子,周围画着八卦,下面便是一片仙人掌——在仙人掌上扎一个洞,用麻线穿了,挂在钉子上。昆明仙人掌多,且极肥大。有些人家在菜园的周围种了一圈仙人掌以代替篱笆——种了仙人掌,猪羊便不敢进园吃菜了。仙人掌有刺,猪和羊怕扎。

昆明菌子极多。雨季逛菜市场,随时可以看到各种菌子。最多,也最便宜的是牛肝菌。牛肝菌下来的时候,家家饭馆卖炒牛肝菌,连西南联大食堂的桌子上都可以有一碗。牛肝菌色如牛肝,滑、嫩、鲜、香,很好吃。炒牛肝菌须多放蒜,否则容易使人晕倒。青头菌比牛肝菌略贵。这种菌子炒熟了也还是浅绿色的,格调比牛肝菌高。菌中之王是鸡㙡,味道鲜浓,无可方比。鸡㙡是名贵的山珍,但并不真的贵得惊人。一盘红烧鸡㙡的价钱和一碗黄焖鸡不相上下,因为这东西在云南并不难得。有一个笑话:有人从昆明坐火车到呈贡,在车上看到地上有一朵鸡㙡,他跳下去把鸡㙡捡了,紧赶两步,还能爬上火车。这笑话用意在说明昆明到呈贡的火车之慢,但也说明鸡㙡随处可见。有一种菌子,中吃不中看,叫作干巴菌。乍一看那样子,真叫人怀疑:这种东西也能吃?!颜色深褐带绿,有点像一堆半干的牛粪或一个被踩破了的马蜂窝。里头还有许多草茎、松毛,乱七八糟!可是下点功夫,把草茎松毛择净,撕成蟹腿肉粗细的丝,和青辣椒同炒,入口便会使你张目结舌:这东西这么好吃?!还有一种菌子,中看不中吃,叫鸡油菌。都是一般大小,有一块银圆那样大,滴溜圆,颜色浅黄,恰似鸡油一样。这种菌子只有做菜时配色用,没甚味道。

　　雨季的果子是杨梅。卖杨梅的都是苗族女孩子,戴一顶小花帽子,穿着扳尖的绣了满帮花的鞋,坐在人家阶石的一角,不时吆唤一声:"卖杨梅——"声音娇娇的。她们的声音使得昆明雨季的空气更加柔和了。昆明的杨梅很大,有一个乒乓球那样大,颜色黑红黑红的,叫作"火炭梅"。这个名字起得真好,真是像一球烧得炽红的火炭!一点都不酸!我吃过苏州洞庭山的杨梅、井冈山的杨梅,好像都比不上昆明的火炭梅。

雨季的花是缅桂花。缅桂花即白兰花,北京叫作"把儿兰"(这个名字真不好听)。云南把这种花叫作缅桂花,可能最初这种花是从缅甸传入的,而花的香味又有点像桂花,其实这跟桂花实在没有什么关系——不过话又说回来,别处叫它白兰、把儿兰,它和兰花也挨不上呀,也不过是因为它很香,香得像兰花。我在家乡看到的白兰多是一人高,昆明的缅桂是大树!我在若园巷二号住过,院里有一棵大缅桂,密密的叶子,把四周房间都映绿了。缅桂盛开的时候,房东(是一个五十多岁的寡妇)和她的一个养女,搭了梯子上去摘,每天要摘下来好些,拿到花市上去卖。她大概是怕房客们乱摘她的花,时常给各家送去一些。有时送来一个七寸盘子,里面摆得满满的缅桂花!带着雨珠的缅桂花使我的心软软的,不是怀人,不是思乡。

雨,有时是会引起人一点淡淡的乡愁的。李商隐的《夜雨寄北》是为许多久客的游子而写的。我有一天在积雨少住的早晨和德熙从联大新校舍到莲花池去。看了池里的满池清水,看了着比丘尼装的陈圆圆的石像(传说陈圆圆随吴三桂到云南后出家,暮年投莲花池而死），雨又下起来了。莲花池边有一条小街，有一个小酒店，我们走进去，要了一碟猪头肉，半斤市酒（装在上了绿釉的土瓷杯里），坐了下来。雨下大了。酒店有几只鸡，都把脑袋反插在翅膀下面，一只脚着地，一动也不动地在檐下站着。酒店院子里有一架大木香花。昆明木香花很多，有的小河沿岸都是木香，但是这样大的木香却不多见。一棵木香，爬在架上，把院子遮得严严的。密匝匝的细碎的绿叶，数不清的半开的白花和饱涨的花骨朵，都被雨水淋得湿透了。我们走不了，就这样一直坐到午后。四十年后，我还忘不了那天的情味，写了一首诗：

  莲花池外少行人，
  野店苔痕一寸深。
  浊酒一杯天过午，
  木香花湿雨沉沉。

我想念昆明的雨。

一九八四年五月十九日

观音寺

我在观音寺住过一年。观音寺在昆明北郊,是一个荒村,没有什么寺——从前也许有过。西南联大有几个同学,心血来潮,办了一所中学。他们不知通过什么关系,在观音寺找了一处校址。这原是资源委员会存放汽油的仓库,废弃了。我找不到工作,闲着,跟当校长的同学说一声,就来了。这个汽油仓库有几间比较大的屋子,可以当教室,有几排房子可以当宿舍,倒也像那么一回事。房屋是简陋的,瓦顶、土墙,窗户上没有玻璃——那些五十三加

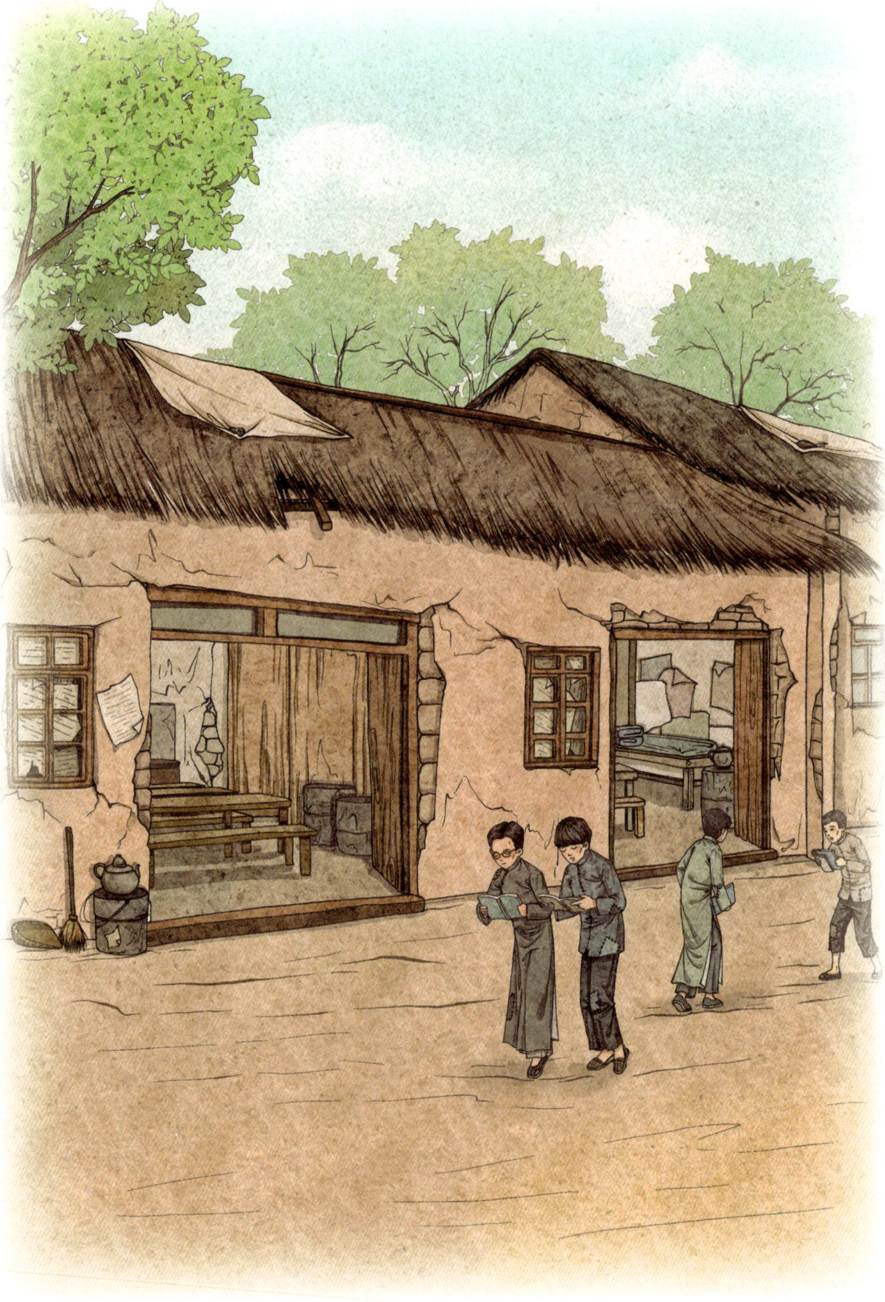

仑的汽油桶是不怕风雨的。没有玻璃有什么关系！我们在联大新校舍住了四年，窗户上都没有玻璃。在窗格上糊了桑皮纸，抹一点青桐油，亮堂堂的，挺有意境。教员一人一间宿舍，室内床一、桌一、椅一。还要什么呢？挺好。每个月还有一点微薄的薪水，饿不死。这地方是相当野的。我来的前一学期，有一天，薄暮，有一个赶马车的被人捅了一刀——昆明市郊之间通马车，马车形制古朴，一个有篷的车厢，厢内两边各有一条木板，可以坐八个人。马车和身上的钱都被抢去了，他手里攥着一截突出来的肠子，一边走，一边还问人："我这是什么？我这是什么？"

因此这个中学里有几个校警，还有两支老旧的七九步枪。

学校在一条不宽的公路边上，大门朝北。附近没有店铺，也不见有人家。西北围墙外是一个孤儿院。

有二三十个孩子，都挺瘦。有一个管理员。这位管理员不常出来，不知道是什么样子，但是他的声音我们很熟悉。他每天上午、下午都要教这些孤儿唱戏。他大概是云南人，教唱的却是京戏。而且老是那一段《武家坡》。他唱一句，孤儿们跟着唱一句。"一马离了西凉界"——"一马离了西凉界"；"不由人一阵阵泪洒胸怀"——"不由人一阵阵泪洒胸怀"。听了一年《武家坡》，听得人真想泪洒胸怀。

孤儿院的西边有一家小茶馆，卖清茶、葵花子，有时也有两块芙蓉糕。还卖市酒。昆明的白酒分升酒（玫瑰重升）和市酒。市酒是劣质白酒。

再往西去，有一个很奇怪的单位，叫作"灭虱站"。这还是一个国际性的机构，是美国救济总署办的，专为国民党的士兵消灭虱子。我们有时看见一队士兵开进大门，过了一会儿，我们在附近散了一会儿步之后，又看见他们开了出来。听说这些兵进去，脱光衣服，在身上和衣服上喷一种什么药粉，虱子就灭干净了。这有什么用呢？过几天他们还不是浑身又长出虱子来了么？

我们吃了午饭、晚饭常常出去散步。大门外公路对面是一大片农田。田里种的不是稻麦，却是胡萝卜。昆明的胡萝卜很好，浅黄色，粗而且长，细嫩多水分，味微甜。联大学生爱买了当水果吃，因为很便宜。女同学尤其爱吃，因为据说这种胡萝卜含少量的砒，吃了可以驻颜。常常看见几个女同学一人手里提了一把胡萝卜。到了宿舍里，嘎吱嘎吱地嚼。胡萝卜田是很好看的。胡萝卜叶子琐细，颜色浓绿，密密地，把地皮盖得严严的，说它是"堆锦积绣"，毫不为过。再往北，有一条水渠。渠里不常有水。

渠沿两边长了很多市香花。开花的时候白灿灿的耀人眼目，香得不得了。

学校后面——南边是一片丘陵。山上有一口池塘。这池塘下面大概有泉眼，所以池水常满，很干净。这样的池塘按云南人的习惯应该叫作"龙潭"。龙潭里有鱼，鲫鱼。我们有时用自制的鱼竿来钓鱼。这里的鱼未经人钓过，很易上钩。坐在这样的人迹罕至的池边，仰看蓝天白云，俯视钓丝，不知身在何世。

东面是坟。昆明人家的坟前常有一方平地，大概是为了瞻拜用的。有的还有石桌石凳，可以坐坐。这里有一些矮柏树，到处都是蓝色的野菊花和报春花。这种野菊花非常顽强，连根拔起来养在一个破钵子里，可以开很长时间的花。这里后来成了美国兵开着吉普带了妓女来野合的场所。每到月白风清的夜晚，就可以听到公路上不断有吉普车的声音。美国兵野合，好像是有几个集中的地方的，并不到处撒野。他们不知怎么看中了这个地方。他们扔下了好多保险套，白花花的，到处都是。后来我们就不大来了。这个玩意儿，总是不那么雅观。

我们的生活很清简。教书、看书。打桥牌，聊大天。吃野菜，吃灰菜、野苋菜，还吃一种叫作豆壳虫的甲虫。我在小说《老鲁》里写的，都是真事。喔，我们还演过话剧，《雷雨》，师生合演。演周萍的叫王惠。这位老兄一到了台上简直是晕头转向。他站错了地位，导演着急，在布景后面叫他："王惠，你过来！"他以为是提词,就在台上大声嚷嚷:"你过来!"弄得同台的演员莫名其妙。他忘了词,无缘无故在台上大喊:"鲁贵!"我演鲁贵,心说:坏了,曹禺的剧本里没有这一段呀!没法子,只好上去,没话找话:"大少爷,您明儿到矿上去,给您预备点什么早点?煮几个鸡蛋吧!"他总算明白过来了:"好,随便,煮鸡蛋!去吧!"

生活清贫,大家倒没有什么灾病。王惠得了一次破伤风——打篮球碰破了皮,感染了。有一个姓董的同学和另一个同学搭一辆空卡车进城。那个同学坐在驾驶室里,他靠在卡车后面的挡板上,挡板的铁闩松开了,他摔了下去,等找到他的时候,坏了,他不会说中国话了,只会说英语,而且只有两句,"I am cold, I am hungry"(我冷,我饿)。翻来覆去,说个不停。这二位都治好了。我们那时都年轻,很皮实,不太容易被疾病打倒。

炮仗响了。日本投降那天,昆明到处放炮仗,昆明人就把抗战胜利叫作"炮仗响了"。这成了昆明人计算时间的标记,如:"那会儿炮仗还没响","这是炮仗响了之后一个月的事情"。大后方的人纷纷忙着"复员",我们的同学也有的联系汽车,计划着"青春作伴好还乡"。有些因为种种原因,一时回不去,不免有点心已恓恓惶惶。

有人抄了一首唐诗贴在墙上：

故园东望路漫漫，
双袖龙钟泪不干。
马上相逢无纸笔，
凭君传语报平安。

诗很对景，但是心情其实并不那样酸楚。昆明的天气这样好，有什么理由急于离开呢？这座中学后来迁到篆塘到大观楼之间的白马庙，我在白马庙又接着教了一年，到一九四六年八月，才走。

白马庙

我教的中学从观音寺迁到白马庙,我在白马庙住过一年。白马庙没有庙。这是由篆塘到大观楼之间的一个镇子。我们住的房子形状很特别,像是卡通电影上画的房子,我们就叫它卡通房子。前几年日本飞机常来轰炸,有钱的人多在近郊盖了房子,躲警报。这两年日本飞机不来了,这些房子都空了下来,学校就租了当教员宿舍。这些房子的设计都有点别出心裁,而以我们住的卡通房子最显眼,老远就看得见。

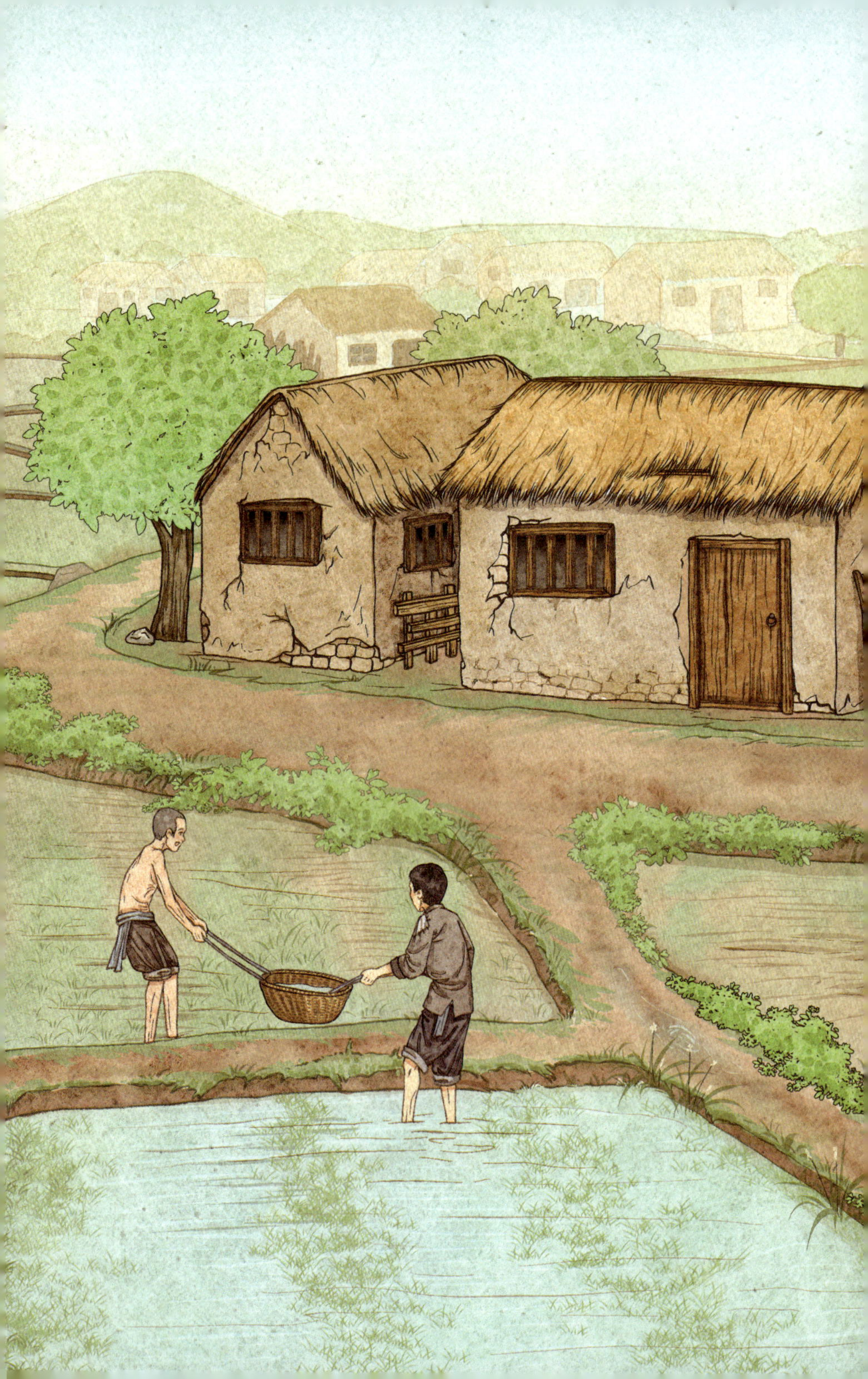

卡通房子门前有一条土路，通过马路，三面都是农田，不挨人家。我上课之余，除了在屋里看看书，常常伏在窗台上看农民种田，看插秧，看两个人用一个戽斗戽水，看一个十五六岁的孩子用一个长柄的锄头挖地。这个孩子挖几锄头就要停一停，唱一句歌。他的歌有音无字，只有一句，但是很好听。长日悠悠，一片安静。我那时正在读《庄子》。在这样的环境中读《庄子》，真是太合适了。

这样的不挨人家的"独立家屋"有一点不好，是招小偷。曾有小偷光顾过一次。发觉之后，几位教员拿了棍棒到处搜索，闹腾了一阵，无所得。我和松卿有一次到城里看电影，晚上回来，快到大门时，从路旁沟里窜出一条黑影，跑了。是一个伺机翻墙行窃的小偷。

小偷不少。教导主任老杨曾当美军译员，穿了一条美军将军呢的毛料裤子，晚上睡觉，盖在被窝上压脚。那天闹小偷。他醒来，拧开电灯看看，将军呢裤子没了。他翻了个身，接着睡他的觉。我们那时都是这样，得、失无所谓，而可失之物亦不多，只要不是真的赤条条来去无牵挂，怎么着也能混得过去——这位老兄从美军复员，领到一笔复员费，崭新的票子放在夹克上衣口袋里，打了一夜沙蟹，几乎全部输光。

学校的教员有的在校内住，也有住在城里，到这里来兼课的。坐马车来，很方便。朱德熙有一次下了马车，被马咬了一口！咬在胸脯上，胸上落了马的牙印，衣服却没有破。

镇上有一个卖油盐酱醋香烟火柴的杂货铺，一家猪肉案子，还有一个做饵块的作坊。我去看过工人做饵块，小枕头大的那么一坨，不知道怎么竟能蒸熟。饵块作坊门前有一道砖桥，可以通到河南边。桥南是菜地，我们随时可以吃到刚拔起来的新鲜蔬菜。临河有一家茶馆，茶客不少。靠窗而坐，可以看见河里的船和船上的人，风景很好。

使我惊奇的是东壁粉墙上画了一壁茶花，画得满满的。墨线勾边，涂了很重的颜色，大红花，鲜绿的叶子，画得很工整，花、叶多对称，很天真可爱。这显然不是文人画。我问冲茶的堂倌："这画是谁画的？""哑巴——他就爱画，哪样上头都画。他画又不要钱，自己贴颜色，就叫他画吧！"

过两天，我看见一个挑粪的，粪桶是新的，粪桶近桶口处画了一周遭串枝莲，墨线勾成，笔如铁线，匀匀净净。不用问，这又是那个哑巴画的。粪桶上描花，真是少见。

听说哑巴岁数不大，二十来岁。他没有跟谁学过，就是自己画。

我记得白马庙，主要就是因为这里有一个画画的哑巴。

一九九三年三月二十三日

凤翥街

昆明大西门外有两条街,两条街的街名都起得富丽堂皇,一条叫凤翥街,一条叫龙翔街,其实是两条很小的街,与龙、凤一点关系都没有。凤翥街是南北向的,从大西门前横过;龙翔街对着大西门,东西向,与凤翥街相交,呈"丁"字形,龙翔街比较宽,也干净一些,但不如凤翥街热闹。

凤翥街北口有一座砖砌的小牌楼，大概是所谓里门。牌楼外有一小块空地，是背炭的苗族人卖炭的地方。这些苗族人是很辛苦的。他们从几十里外的山里把烧好的栎炭背到昆明来，一驮子不下二百斤，一路休息时炭驮子不卸下，只是找一个岩头或墙壁，把炭驮靠着，下面支着一个T字形的木拐，人倚着一驮炭站一会儿，就算是休息了。他们吃的饭非常粗粝，只是通红的糙米饭，拌一点槌碎了的辣椒和盐。他们不用碗筷，饭装在一个本色白布口袋里，就着口袋吞食。边吃边把口袋口往外翻卷。吃完了，把口袋底翻过来，抖一抖，一顿饭就完事了。有学问的人讲营养，讲食物结构，人应该吃这个，需要吃那个，这些苗族人一辈子吃辣椒盐巴拌饭，也照样活。有一年日本飞机轰炸，这些苗族人没有防空知识，吓得四处乱跑，被机枪扫射，死伤了几个。

进这个小牌楼，才是正式的凤翥街。这条街主要是由茶馆、饭馆、纸烟店、骡马店、饼店和各色各样来来往往的行人构成的。

这条长约二百米的小街上倒有五家茶馆。

挨着小牌楼是一家很小的茶馆，只有三张茶桌。招呼茶座的是一个壮实而白皙的中年妇人。这女人很能生孩子。最小的一个已经四岁了，还不时自己解开妈妈的扣子，趴在胸前吸奶。她家住在街对面。丈夫是一个精瘦的老头子，他一天不露面，只在每

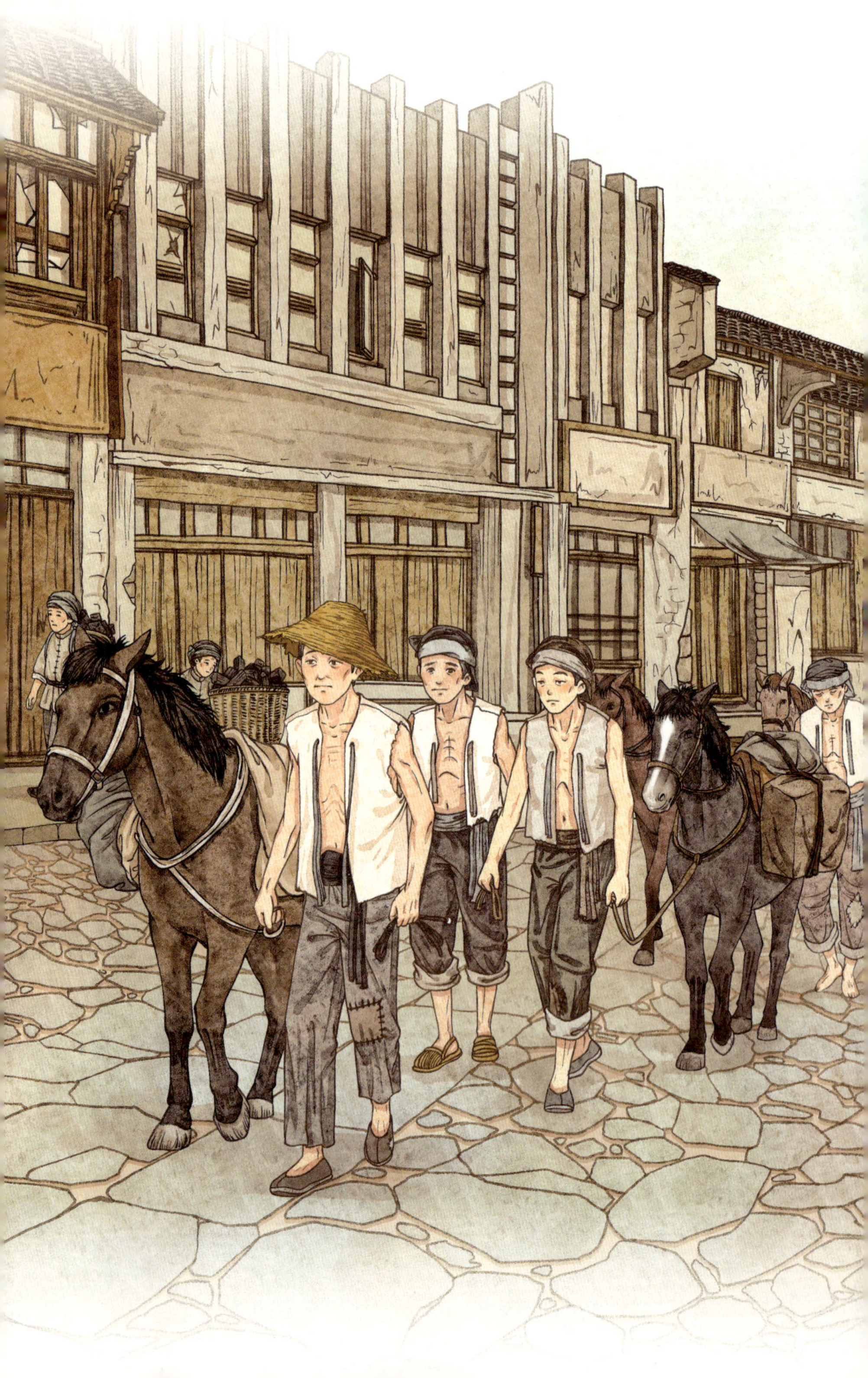

天下午到茶馆里来，捧着一个蓝花大碗咕嘟咕嘟喝下一大碗牛奶。这是一头老种畜，除了抽鸦片、喝牛奶，就会制造孩子。这家茶馆还卖草鞋，房梁、墙壁，到处都是一串一串的草鞋。

走过几家，是一个绍兴人开的茶馆，这位绍兴老板很重乡情，只要不是本地人，他觉得都是同乡，他对西南联大的学生很有感情，联大学生去喝茶，没带钱，可以赊账。空手喝了茶，临了还能跟老板借几个钱到城里南屏大戏院去看一场电影。

街东一家是后来开的，用的是有盖带把的白瓷茶缸，有点洋气——别家茶馆都用粗瓷青花盖碗。这一家是专卖西南联大学生的，本地人不来，喝不惯这种有把的茶缸，也听不懂这些大学生的高谈阔论。

从"洋"茶馆往南，隔一个牛肉馆，一个小饭馆，一家茶馆，茶桌茶具都很干净，给客人拿盖碗，冲开水的是一个十二三岁的半大孩子。这家孩子也多，三个，都是男孩子。这个小大人的身后老跟着一个弟弟，有时一边做生意，一边背上还用背兜背着一个小弟弟。这小大人手脚很勤快。他终年不穿鞋，赤脚在泥地上踏得吧嗒吧嗒地响。西南联大有个同学给这个小大人起了一个名字："主任儿子。"

"主任儿子"茶馆斜对面是一家本街最大，也是地道昆明味儿的茶馆。这家茶馆在凤翥街的把角，茶馆的门面一边对着凤翥街，一边对着龙翔街，两街风景，往来行人，近在眼底，真是一个闲看漫听的好地方。进门的都是每天必至的老茶客。他们落座后第一件事便是卷叶子烟，叶子烟装在一个牛皮制成，外涂黑漆的圆盒里，在家里预先剪成等长的一段一段，上面覆着一片菜叶，以使烟叶潮润。取出几根，外面选一片完整的叶子裹紧，一支一支排在桌上，依次燃吸。这工作做得十分细致。茶馆里每天有一个盲人打扬琴说书，愿意听就听一会儿，不愿听尽可小声说话。偶尔也有看相的来，一手执一个面贴红纸的朝笏似的硬纸片，上写"××山人""××子"，一手拈着一根纸媒子，口称"送看手相不要钱"，走了一个，又来一个，但都无人搭理。不时有女孩子来卖葵花子，小声吆唤："瓜子瓜。"这家茶馆每天要扫出许多瓜子皮。

凤翥街有三家纸烟店。一家挨着小牌楼，路东。架上没有几盒烟，主要卖花生米。卖东西的是姑嫂二人。小姑子脸盘和肩膀都很宽，涂脂抹粉，见人常做媚笑。她这儿卖花生米从来不上秤称，凭她的手抓，抓多少是多少。来买的如是个漂亮小伙子，就给得多；难看的，给得少，同样价钱，差别很大。联大同学发现了这个秘密，凡买花生米，都推一个"小生"去。嫂子也爱向人眉目传情，但眼光狡黠，不像小姑子那么直露。

另两家纸烟店门对门，各有主顾。除了卖纸烟火柴，当中还挂着一排金堂叶子。纸烟店代卖零酒。昆明的白酒分升酒、市酒两种。升酒美其名曰"玫瑰重升"，大体相当于北京的二锅头，和玫瑰了不相涉。市酒比升酒要便宜一半。昆明人有一种喝法，叫作"升掺市"，即一半升酒、一半市酒掺起来喝。

这条街上共有五家饭馆。最南的一家是一个扬州人开的，光顾的多为联大师生，本地人实在吃不惯这位大师傅的淮扬口味。他的拿手菜是过油肉，确实炒得很嫩。

街中有一家牛肉馆。这是一家回民馆，只卖牛肉。有冷片——大块牛肉白水煮得极酥，快刀切为薄片，蘸甜酱油吃；汤片——将冷片铺在碗中浇以滚汤；红烧——牛肉的带筋不成形的小块染以红曲，炖焖，连汤卖，所谓"红烧"，其实并不放酱油；牛肚——肚板、肚领整块煮熟，切薄片，浇汤，不知道为什么没有牛百叶。牛肚谓之"领肝"，不知道是不是对"肚"有什么忌讳？牛舌，亦煮熟切片浇汤，牛舌有个特别名称，叫作"撩青"，细想一下，是可以理解的，牛的舌头可不是"撩"青草的么？不过这未免太费思索了；牛肉馆偶有"牛大筋"卖，牛大筋是牛鞭，即牛鸡巴也，这是非常好吃的。牛肉馆卖米饭，要一碗白米饭、一个冷片、一碗汤菜，好吃实惠。

牛肉馆隔壁是一家汉民小饭馆，只卖爨荤小炒。昆明人把荤菜分为大荤和爨荤。大荤即煨炖的大块肉，爨荤是蔬菜加一点肉爆炒。这家的炒菜都是七寸盘，两三个人吃饭最为相宜。青椒炒肉丝、炒灯笼椒（红柿子椒）、炒菜花（昆明人叫椰花菜）、番茄炒鸡蛋等等。菜的味道很好，因为肉菜新鲜，油多火大。有一个菜我在别处没有吃过：炒青苞谷（嫩玉米），稍放一点肉末，加一点青辣椒，极清香爽口。

街的南端有两家较大的饭馆，一家在街西，龙翔街口，大茶馆的对面；一家在大西门右侧。这是两家地地道道的云南饭馆，顾客以马锅头为最多。

马锅头是凤翥街的重要人物。三五七八个人，二三十匹马，由昆明经富民往滇西运日用百货，又从滇西运土产回昆明。他们的装束一看就看得出来。都穿白色的羊皮板的背心，不钉纽扣，对襟两边有细皮条编缀的图案，有点像美国的西部英雄，脚下是厚牛皮底，上边用宽厚的黑色布条缝成草鞋的样子，说草鞋不是草鞋，说布鞋不是布鞋的那么一种鞋，布条上大都绣几朵红花，有的还钉了"鬼眨眼"（亮片）。上路时则多戴了黑色漆布制的凉帽。马锅头是很苦的，他们是在风霜里生活的人。沿途食宿，皆无保证。有时到了站头，只能拾一把枯柴焖一锅饭，用随身带的刀子削一点牛干巴——牛肉割成长条，盐腌后晒干——下饭。他们有钱，运一趟货能得不少钱。他们的荷包里有钞票，有时还有银圆（滇西有的地方还使银圆）甚至印度的"半开"（金币）。他们一路辛苦，到昆明，得痛快两天（他们连人带马都住在卖花生米那家隔壁的马店里）。这是一些豪爽剽悍的男人。他们喝酒、吸烟，都是大口。他们吸起烟来很猛，不经喉咙，由口里直接灌进肺叶，吸时带嗖嗖的风声，好像是喝，几口，一支烟就吸完了。他们走进那两家云南馆子，一坐下首先要一盘"金钱片腿"——火腿的肘部，煮熟切片，一层薄皮，包一圈肥肉，里面是通红的瘦肉，状如金钱；然后要别的菜：粉蒸肉、黄焖鸡、炸乳扇（羊奶浮面的薄皮，揭出、晾干）、烩乳饼（奶豆腐）……他们当然都是吃得盘光碗净的，但是吃相并不粗野，喝酒是不出声的，不狂呼乱叫。

街西那家云南馆子，晚市卖羊肉。昆明羊肉都是切成大块，用红曲染了，加料，煮在一口大锅里（只有护国路有一家，卖白汤羊肉）。卖时也是分门别类，如"拐骨"、"油腰"（昆明的羊腰子好像特别大，两个熟腰子切出后就够半碗）、"灯笼"（眼睛），羊舌是不是也叫"撩青"，我就记不清了。

我们的体育老师侯先生有一次上课讲话，讲了一篇羊肉论。

我们的体育课，除了跑步、投篮、跳高之外，教员还常讲讲话。这位侯先生名叫侯洛苟，学生便叫他侯老狗。其实侯先生是个很好的人，学生并不恨他，只怪他的名字起得不好。侯先生所论之羊肉，即大西门外云南馆子之羊肉也。上体育课怎么会讲起羊肉来呢？这是可以理解的。当时的大学生都很穷，营养不足，而羊肉则是偶尔还能吃得起一碗的。吃了羊肉，可增精力，这实在与体育有莫大之直接关系焉。侯先生上体育课谈羊肉的好处（主要是便宜）确实是出自对学生的关心，这一点我们是都感觉到的（他自己就常去吃一碗羊拐骨）。至于另一次他在上体育课时讲了半天狂犬病，我就不知道出于什么目的了。昆明有一阵闹狂犬病，但是大多数学生是不会被疯狗咬了的。倒是他说狂犬病亦名恐水病，得病的人看到水就害怕，这是我以前没有听说过的，算是增长了一点知识。侯先生大概已经作古。这是个非常忠厚的人。

凤翥街有一家做一种饼，其实只是小酵的发面饼，在锅里先烙至半熟，再放在炉膛内两面烤一烤，炉膛里烧的是松毛——马尾松的针叶，因此有一点很特殊的香味。这种饼原来就叫作麦粑粑，因为联大的女生很爱吃这种饼，昆明人把女学生特别是外来的女学生叫"摩登"，有人便把这种饼叫作"摩登粑粑"。本是戏称，后来竟成了正式的名字。买两个摩登粑粑，到府甬道买四两叉烧肉夹着吃,喝一碗酽茶,真是上海人所说的"小乐胃"。昆明的叉烧比较咸,不像广东叉烧那样甜;比较干,不像广东的那样油乎乎、黏糊糊的。有一个广东女同学,一张长圆的脸,有点像个氢气球,我们背后就叫她"氢气球"。这位小姐上课总带着一个提包,别的女同学的提包里无非是粉盒、口红、手绢之类,她的提包里却装了一包叉烧肉。我和她同上"经济学概论",是个大教室,我们几个老是坐在最后面,她就取出叉烧肉分发给几个熟同学,我们就一面吃叉烧,一面听陈岱孙先生讲"边际效用"。这位"氢气球"小姐现在也一定已经当了奶奶了。

一九八六年我回了一趟昆明,特意去看了看龙翔街、凤翥街。龙翔街已经拆建,成了一条颇宽的马路。凤翥街还很狭小,样子还看得出来。有些房屋还是老的,但都摇摇欲坠,残破不堪了。旧有店铺,无一尚存。我那天是早晨去的,只有街的中段有很多卖菜的摊子,碧绿生鲜,还似当年。

一九八九年六月二十二日

背东西的兽物

毛姆描写过中国山地背运货物的夫子,从前读过,印象极为深刻,不过他称那种人为"负之兽",觉得不免夸饰,近于舞文弄墨,而且取义殊为卑浅,令人稍稍有点反感。及至后来到了内地,在云南看到那边的脚夫,虽不能确定毛姆所见是这一种人,但这种人若加之以毛姆那个称呼是极贴当而质朴的,我那点反感没有了,而且隐然对他有了一种谢意。

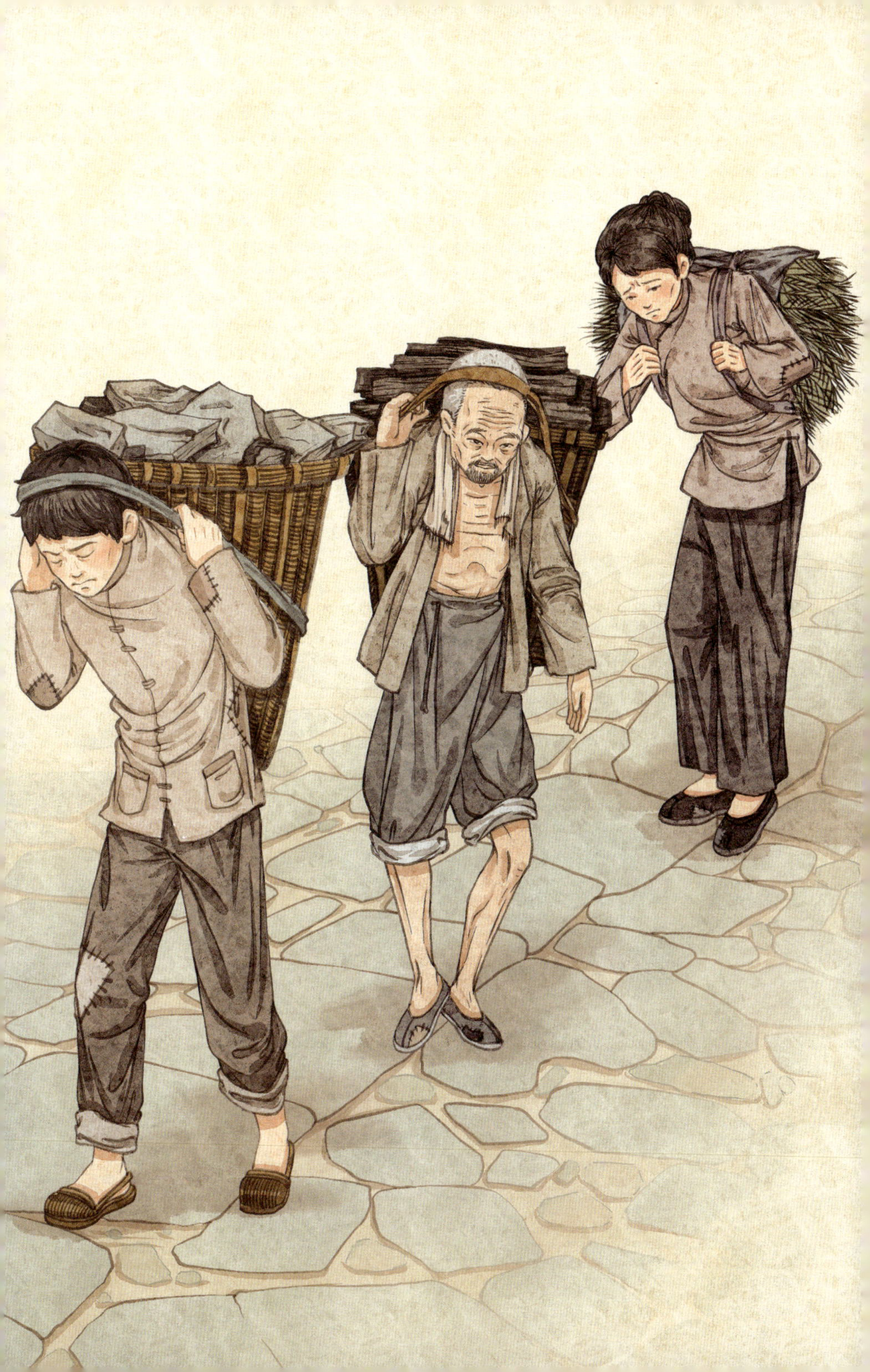

人生活动行进之中如果骤然煞住,问一问我在这里到底是在干点什么呢?大概不会有肯定答案的,都如毛姆所引《庄子》的那一段话中说的那样,疲疲役役,过了一生。但这一种人是问也用不着问(别人不大会代他们问,他们自己当然不可能发问),看一看就知道真是什么"意义"都没有,除了背东西就没有生活了。用得着一个套语:从今天背到明天,从今年背到明年。但毛姆说他们是兽物还不能是象征说法,是极其写实的,他们不但没有"人"的意义,而且也没有人形。

在我们学校旁边那条西风古道上时常可以看到他们,大都是一队一队的,少者三个五个,多的十个八个,沉默着,埋着头,一步一步走来。照例凡是使用气力做活的人多半要发出声音,或唱歌,或是"打号子",用以排遣单调,鼓舞精力,而这些人是一声也不出的,他们的嘴闭得很紧。说是"埋头",每令人想到"苦干",他们的埋头可不是表示发愤为雄,是他们的工作教他们不得不埋头。他们背东西都使用一个底锐、口广、深身、略呈斗斛状的竹篮。这东西或称为背篓,但有一种细竹所编,有两耳可挎套于肩臂,而且有个盖子,做得相当细致的竹篮,像昆明收旧货女人所用的那一种,也称为背篓,而他们用的背篓是极其粗率的简陋的。背篓上高高装了货物。货物的范围很窄,虽然有时也背盐巴、松板、石块、米粮等物,大多是两样东西，柴和炭。柴，有的是粗块，有的是寸径树条，也有连枝带叶的小棒子；有专背松毛的，马尾松针晒干，用以引火助燃，此地人谓之松毛，但那多是女人，且多不用背篓，捆扎成一大包而背着。炭都是横着一根一根的叠起来。柴炭都叠得很高，防它倒散，多用绳索络住。背篓上有一根棕丝所织扁带子，背即背的这一根带子。严格说不应当说是背，应当说是"顶"，他们用脑门子顶着那一根带子。这样他们不得不硬着头皮，不得不埋着头了。头稍平置，篓子即会滑脱的。柴炭从山中来，山路不便挑扛，所以才用这种特殊方法负运。他们上山下山，全身都用气力，而颈部用力尤多，所以都有极其粗壮，粗壮到变形的脖子。这样粗壮的脖子前面又多半挂了个瘿袋，累累然有如一个肉桂色的柚子。在颈上都套着一个木板，形式如半个刑枷，毛姆似乎称之为"轭"的，这也并非故意存有暗示，真的跟耕田引车的牛头上那一个东西全无二致，而且一定是可以相互应用的。在手里，他们都提着一根杖。这根杖不知道叫什么名堂，齐腰那么高，顶头有个月牙形的板，平着连着那根杖。这根杖用处很大，爬坡上坡时，路稍陡直，用以撑杖，下雨泥滑，可防蹶倒，打站歇力时尤其用得着它，如同常说，是第三条腿。他们在路上休息时并不把背篓取下，取下时容易，再上肩费事，为养歇气力而花更大的气力，犯不着，只用那一根杖舒到后面，根着地，背篓放在月牙形手板上，自己稍微把腰伸起，两腿分开，微借着一点力而靠那么一会儿就成了。休息时要小便，也就是这么直着腰。他们一路走走歇歇，到了这儿，并没有一点载欣载奔的喜意，虽然前面马上就要到了。进了前面那个小小牌楼，就是西门，西门里就是省城了，省城是烧去他们背上柴炭的地方，可是看不出他们对于这个日渐新兴起来的古城有什么感情。小牌楼外有一片长长的空地，长了一点草，倒了一点垃圾，有人和狗拉的屎，他们在那里要休息相当时候。午前午后往来，都可以看得见许多这种人长长的一溜坐着，这时，他们大都把背上载的重物卸放在墙根了，要吃饭，总不能吃饭时也顶着。

柴不知怎么卖，有没有人在路上喊住他们论价买去呢？炭则大都是交到行庄，由炭商接下来，剔选一道，整理整理，用装了石粉的布包在上面拍得一层白，漂漂亮亮的，再成斤做担卖与人家。老板卖出去的价钱跟向他们买的价钱相差多少，他们永远也无法晓得，至于这些炭怎么烧去，则更不在他们想象之内了。

他们有的裸头，有的戴了一顶粗毡碗形帽子，这顶帽子吃了许多油汗，而且一定时常在吃进油汗时教他们头皮作痒。身上衣服有的是布的。但不管是什么布衣绝对没有在他们身上新过，都是买现成的旧衣，重重补缀上身。城里有许多"收旧衣烂衫"的男人女人，收了去在市集上卖，主顾里包括有这种人，虽然他们不是重要的、理想的，尤其是顶不爽气的，只不过是最可欺骗的主顾。他们是一定买最破最烂的，而且衣服形形色色都有，他们把衣服都简化了，在你是绝对不相同的，在他们是一样的。更多的是穿麻布衣服。这种麻不知是不是他们自己织的，保留最古粗的样子，印在陶器上的布纹比这还要细密些。每一经纬都有铺子扎东西的索子那么粗，只是单薄一点。自然是原色，麻白色。昆明气候好，冬天也少霜雪，但天方发白的山路上总是飕飕的有风的，而有些背柴炭人还是穿一层单麻布衣服。这身衣服像一个壳子似的套在身上，仿佛跟他们的身体分不开，而又显然不是身体的一部分，跟身体离得很远，没有一处贴合，那种淡淡的白色使他们格外具有特性了。身体上不是顶要紧的地方袒露一块，在他们不算是大事情。衣服，根本在他们就不算大事。他们的大事是吃一点东西到肚里。

他们每人都把吃的带着，结挂在腰裤间，到了，一起就取出来吃。一个一个的布口袋，口袋做成筒状，里头是一口袋红米干饭。不用碗，不用筷子，也不用手抓，以口就饭而唼喋。随吃随把口袋向外翻卷一点，饭吃完，口袋也整整翻了个个儿，抖一抖，接住几个米粒，仍旧还系于腰裤间。有的没有，有的有点菜，那是辣子面、盐，辣子面和盐，辣子面和盐和一点豆豉末，咽两口饭，以舌尖沾掠一点。看一个庄家，一个工人，一个小贩，一个劳力人，吃饭是很痛快过瘾的事，他们吃得那么香甜，那么活泼，那么酣舞，那么恣放淋漓，那么快乐，你感觉吃无论如何是人生的一点不可磨灭的真谛，而看这种人吃饭，你不会动一点食欲。他们并不厌恨食物的粗粝，可是冷淡到十分，毫不动情地，慢慢慢慢地咀嚼，就像一头牛在反刍似的！也像牛似的，他们吃得很专心。伴以一种深厚的，然而简单地思索，不断地思索着：这是饭，这是饭，这是饭……仿佛不这么想着，他们的牙齿就要不会磨动似的——很奇怪，我想不出他们是用什么姿态喝水的，他们喝水的次数一定很少，否则不可能我没有印象。走这么长的路而能干干的吃那么些饭，真是不可了解的事。他们生在山里，或者山里人少有喝水的习惯？……我想起一个题目：水与文化。

老觉得这种人如何饮之以酒，不加限节，必致泥胡醉死。醉了，他们是什么样子呢？他们是无内外表里，无层次，无后先，无中偏，无大小，是整个的：一个整个的醉是什么样子呢？他们会拥抱，会砍杀，会哭会笑？还是一声不响的各自颓倒，失去知觉存在？

他们当然是有思索的，而且很深很厚，不过思索很少，简单，没有多少题目，所以总是那么很专心似的，很难在他们的眼睛里找出什么东西，因为我们能够追迹的，不是情意末休，而是情意的流变，在由此状况发展引渡成另一状况，在起讫之间，人才泄露他的心。而他们几乎是永恒的、不动的，既非明，也非暗，不是明暗之间酝酿绸缪的暧昧，是一种超乎明暗的混沌，一种没有界限的封闭。他们一个一个地坐在那里，绝对地沉默，不是有话不说，而是根本没有话，各自拢有了自己，像石块拢有了石头。你无法走进他们里面去，因为他们不看你一眼，他们没有把你收到他们的视野中去。

纪德发现刚果有一种土人，他们的语言里没有相当于"为什么"的字……

在一个小茶馆外头，我第一次听到这种人说话，而且是在算账！从他们那个还是极少表情的眼睛里，可以知道一个数字要在他的心里写完了，就像用一根钝钉子在一片又光又硬的石板上刻字一样地难。我永远记得那个数目：二百二十二，一则这个数字太巧，而且富民话（我听出他们的话带有富民口音）"二"字念起来很特别，再也是他一次又一次的重复，好像一个孩子努力地想把一个跌碎了的碗拼合起来似的，"二百——二十——二，二百——二十——二……"

有一次警报，解除警报发了，接着又发了紧急警报，我们才进城门又立刻退回去，而小牌楼外面那些负运柴炭的人还不动。

日本飞机来过炸过了,那片地上落了一个炸弹,有人告诉我,炸死了两个人。我忽然心里一动,很严肃地想:炸死了两个人,我端端正正一撇一捺在心里写了那一个"人"字。我高兴我当时没有嘲弄我自己,没有蔑笑我的那点似乎是有心鼓励出来的戏剧的激情。

新校舍

西南联大的校舍很分散。有一些是借用原先的会馆、祠堂、学校,只有新校舍是联大自建的,也是联大的主体。这里原来是一片坟地,坟主的后代大都已经式微或他徙了,联大征用了这片地并未引起麻烦。有一座校门,极简陋,两扇大门是用木板钉成的,不施油漆,露着白茬。门楣横书大字:"国立西南联合大学"。进门是一条贯通南北的大路。路是土路,到了雨季,接连下雨,

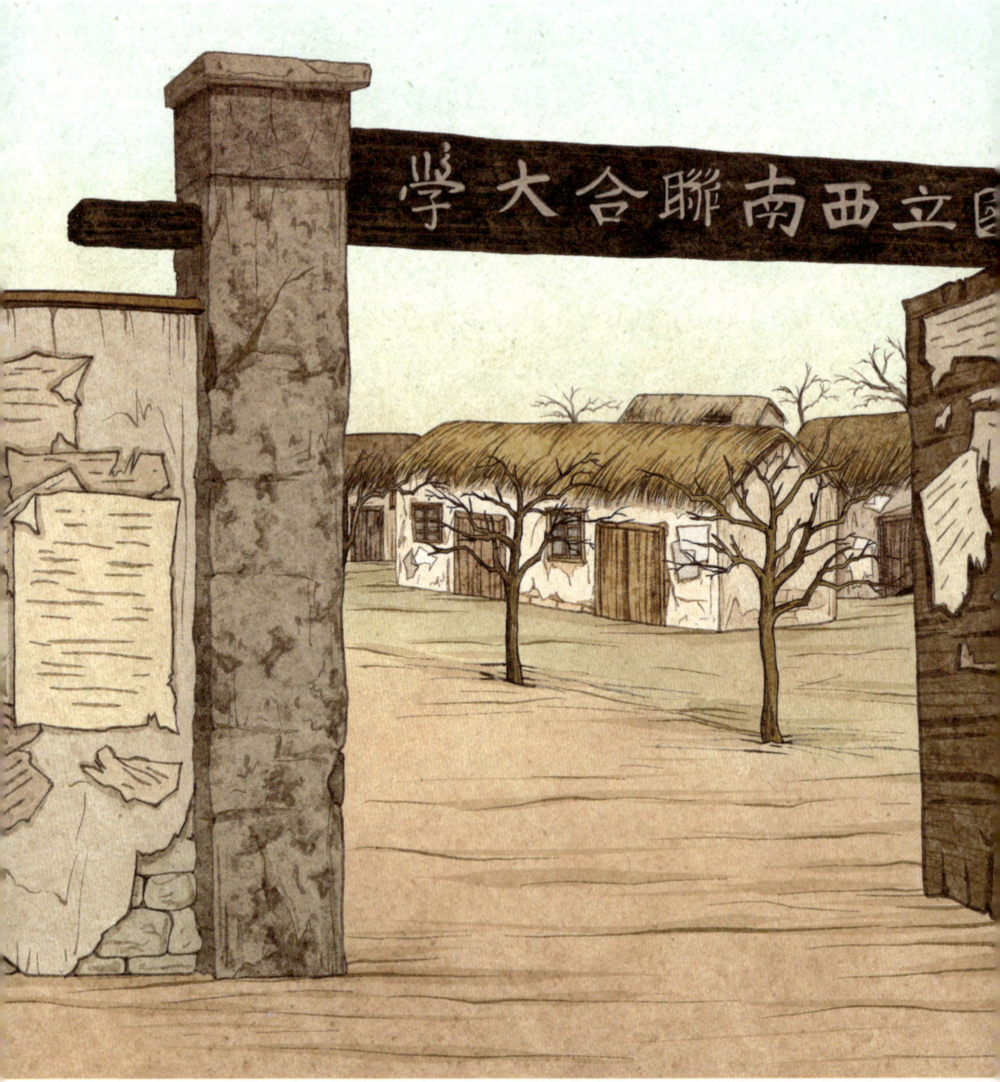
立西南聯合大学

泥泞没足，极易滑倒。大路把新校舍分为东西两区。

路以西，是学生宿舍。土墼墙，草顶。两头各有门。窗户是在墙上留出方洞，直插着几根带皮的树棍。空气是很流通的，因为没有人爱在窗洞上糊纸，当然更没有玻璃。昆明气候温和，冬天从窗洞吹进一点风，也不要紧。宿舍是大统间，两边靠墙，和墙垂直，各排了十张双层床，一张床睡两个人，一间宿舍可住四十人。我没有留心过这样的宿舍共有多少间。我曾在二十五号宿舍住过两年。二十五号不是最后一号。如果以三十间计，则新校舍可住一千二百人。联大学生约三千人，工学院住在拓东路迤西会馆；女生住"南院"，新校舍住的是文、理、法三院的男生。估计起来，可以住得下。学生并不老老实实地让双层床靠墙直放，向右看齐，不少人给它重新组合，把三张床拼成一个U字，外面挂上旧床单或钉上纸板，就成了一个独立天地，屋中之屋。结邻而居的，多是谈得来的同学。也有的不是自己选择的，是学校派定的。我在二十五号宿舍住的时候，睡靠门的上铺，和下铺的一位同学几乎没有见过面。他是历史系的，姓刘，河南人。他是个农家子弟，到昆明来考大学是由河南自己挑了一担行李走来的——到昆明来考联大的，多数是坐公共汽车来的，乘滇越铁路火车来的，但也有利用很奇怪的交通工具来的。物理系有个姓应的学生，是自己买了一头毛驴，从西康骑到昆明来的。我和历史系同学怎么会没有见过面呢？他是个很用功的老实学生，每天黎明即起，到树林里去读书。我是个夜猫子，天亮才回床睡觉。一般说，学生搬床位，调换宿舍，学校是不管的，从来也没有办事职员来查看过。有人占了一个床位，却终年不来住。也有根本不是联大的，却在宿舍里住了几年。有一个青年小说家曹亘——他很年轻时就在《文学》这样的大杂志上发表过小说，他是同济大学的，却住在二十五号宿舍。也不到同济上课，整天在二十五号写小说。

桌椅是没有的。很多人去买了一些肥皂箱。昆明肥皂箱很多，也很便宜。一般三个肥皂箱就够用了。上面一个，面上糊一层报纸，是书桌。下面两层放书，放衣物，这就书橱、衣柜都有了。椅子？——

床就是。不少未来学士在这样的肥皂箱桌面上写出了洋洋洒洒的论文。

宿舍区南边，校门围墙西侧以里，是一个小操场。操场上有一副单杠和一副双杠。体育主任马约翰带着大一学生在操场上上体育课。马先生一年四季只穿一件衬衫，一件西服上衣，下身是一条猎裤，从不穿毛衣、大衣。面色红润，连光秃秃的头顶也红润，脑后一圈雪白的卷发。他上体育课不说中文，他的英语带北欧口音。学生列队，他要求学生必须站直："Boys！You must keep your body straight！"我年轻时就有点驼背，始终没有straight起来。

操场上有一个篮球场，很简陋。遇有比赛，都要临时画线，现结篮网，但是很多当时的篮球名将如唐宝华、牟作云……都在这里展过身手。

大路以东，有一条较小的路。这条路经过一个池塘，池塘中间有一座大坟，成为一个岛。岛上开了很多野蔷薇，花盛时，香扑鼻。这个小岛是当初规划新校舍时特意留下的。于是成了一个景点。

往北，是大图书馆。这是新校舍唯一的瓦顶建筑。每天一早，就有一堆学生在外面等着。一开门，就争先进去，抢座位（座位不很多），抢指定参考书（参考书不够用）。晚上十点半钟，图书馆的电灯还亮着，还有很多学生在里面看书。这都是很用功的学生。大图书馆我只进去过几次。这样正襟危坐，集体苦读，我实在受不了。

图书馆门前有一片空地。联大没有大会堂，有什么全校性的集会便在这里举行。在图书馆关着的大门上用摁钉摁两面党国旗，也算是会场。我入学不久，张清常先生在这里教唱过联大校歌（校歌是张先生谱的曲），学唱校歌的同学都很激动。每月一号，举行一次"国民月会"，全称应是"国民精神总动员月会"，可是从来没有人用全称，实在太麻烦了。国民月会有时请名人来演讲，一般都是梅贻琦校长讲讲话。梅先生很严肃，面无笑容，但说话很幽默。有一阵昆明闹霍乱，梅先生劝大家不要在外面乱吃东西，说："有一位同学说，'我吃了那么多次，也没有得过一次霍乱'，这种事情是不能有第二次的。"开国民月会时，没有人老实站着，都是东张西望，心不在焉。有一次，我发现青天白日满地红的国旗的太阳竟是十三只角（按规定应是十二只）！

"一二·一"惨案（国民党军队枪杀三位同学、一位老师）发生后，大图书馆曾布置成死难烈士的灵堂，四壁都是挽联，灵前摆满了花圈，大香大烛，气氛十分肃穆悲壮。那两天昆明各界前来吊唁的人络绎于途。

大图书馆后面是大食堂。学生吃的饭是通红的糙米，装在几个大木桶里,盛饭的瓢也是木头的,因此饭有木头的气味。饭里什么都有:沙粒、耗子屎……被称为"八宝饭"。八个人一桌,四个菜,装在酱色的粗陶碗里。菜多盐而少油。常吃的菜是煮芸豆,还有一种叫作魔芋豆腐的灰色的凉粉似的东西。

大图书馆的东面,是教室。土墙,铁皮顶。铁皮上涂了一层绿漆。有时下大雨,雨点敲得铁皮叮叮当当地响。教室里放着一些白木椅子。椅子是特制的,右手有一块羽毛球拍大小的木板,可以在上面记笔记。椅子是不固定的,可以随便搬动,从这间教室搬到那间。吴宓先生上"红楼梦研究"课,见下面有女生没有坐下,就立即走到别的教室去搬椅子。一些颇有骑士风度的男同学于是追随吴先生之后,也去搬。到女同学都落座,吴先生才开始上课。

我是个吊儿郎当的学生,不爱上课。有的教授授课是很严格的。教"西洋通史"(这是文学院必修课)的是皮名举。他要求学生记笔记,还要交历史地图。我有一次画了一张马其顿王国的地图,皮先生在我的地图上批了两行字:"阁下所绘地图美术价值甚高,科学价值全无。"第一学期期终考试,我得了三十七分。第二学期我至少得考八十三分,这样两学期平均,才能及格,这怎么办?到考试时我拉了两个历史系的同学,一个坐在我的左边,一个坐在我的右边。坐在右边的同学姓钮,左边的那个忘了。我就抄左边的同学一道答题,又抄右边的同学一道。公布分数时,我得了八十五分,及格还有富余!

朱自清先生教课也很认真。他教我们宋诗。他上课时带一沓卡片,一张一张地讲。要交读书笔记,还要月考、期考。我老是缺课,因此朱先生对我印象不佳。

多数教授讲课很随便。刘文典先生教《昭明文选》,一个学期才讲了半篇木玄虚的《海赋》。

闻一多先生上课时,学生是可以抽烟的。我上过他的"楚辞"。上第一课时,他打开高一尺又半的很大的毛边纸笔记本,抽上一口烟,用顿挫鲜明的语调说:"痛饮酒,熟读《离骚》——乃可以为名士。"他讲唐诗,把晚唐诗和后期印象派的画联系起来讲。这样讲唐诗,别的大学里大概没有。闻先生的课都不考试,学期终了交一篇读书报告即可。

唐兰先生教词选,基本上不讲。打起无锡腔调,把词"吟"一遍:"'双鬟隔香红啊——玉钗头上风……'好!真好!"这首词就算讲过了。

西南联大的课程可以随意旁听。我听过冯文潜先生的美学。他有一次讲一首词:

汴水流,

泗水流,

流到瓜洲古渡头,

吴山点点愁。

冯先生说他教他的孙女念这首词,他的孙女把"吴山点点愁"念成"吴山点点头",他举的这个例子我一直记得。

吴宓先生讲"中西诗之比较",我很有兴趣地去听。不料他讲的第一首诗却是:

一去二三里,

烟村四五家,

楼台六七座,

八九十枝花。

我不好好上课,书倒真也读了一些。中文系办公室有一个小图书馆,通称系图书馆。我和另外一两个同学每天晚上到系图书馆看书。系办公室的钥匙就由我们拿着,随时可以进去。系图书馆是开架的,要看什么书自己拿,不需要填卡片这些麻烦手续。

有的同学看书是有目的有系统的。一个姓范的同学每天摘抄《太平御览》。我则是从心所欲，随便瞎看。我这种乱七八糟看书的习惯一直保持到现在。我觉得这个习惯挺好。夜里，系图书馆很安静，只有哲学心理系有几只狗怪声嚎叫——一个教生理学的教授做实验，把狗的不同部位的神经结扎起来，狗于是怪叫。有一天夜里我听到墙外一派鼓乐声，虽然悠远，但很清晰。半夜里怎么会有鼓乐声？只能这样解释：这是鬼奏乐。我确实听到的，不是错觉。我差不多每夜看书，到鸡叫才回宿舍睡觉——因此我和历史系那位姓刘的河南同学几乎没有见过面。

新校舍大门东边的围墙是"民主墙"。墙上贴满了各色各样的壁报，左、中、右都有。有时也有激烈的论战。有一次三青团办的壁报有一篇宣传国民党观点的文章，另一张"群社"编的壁报上很快就贴出一篇反驳的文章，批评三青团壁报上的文章是"咬着尾巴兜圈子"。这批评很尖刻，也很形象。"咬着尾巴兜圈子"是狗。事隔近五十年，我对这一警句还记得十分清楚。当时有一个"冬青社"（联大学生社团甚多），颇有影响。冬青社办了两块壁报，一块是《冬青诗刊》，一块就叫《冬青》，是刊载杂文和漫画的。冯友兰先生、查良钊先生、马约翰先生，都曾经被画进漫画。冯先生、查先生、马先生看了，也并不气。除了壁报，还有各色各样的启事。有的是出让衣物的。大都是八成新的西服、皮鞋。出让的衣物就放在大门旁边的校警室里，可以看货付钱。也有寻找失物的启事，大都写着："鄙人不慎，遗失了什么东西，如有捡到者，请开示姓名住处，失主即当往取，并备薄酬。"所谓"薄酬"，通常是五香花生米一包。有一次有一位同学贴出启事："寻找眼睛。"另一位同学在他的启事标题下用红笔画了一个大问号。他寻找的不是"眼睛"，是"眼镜"。

新校舍大门外是一条碎石块铺的马路。马路两边种着高高的尤加利树（即桉树，云南到处皆有）。

马路北侧，挨新校的围墙，每天早晨有一溜卖早点的摊子。最受欢迎的是一个广东老太太卖的煎鸡蛋饼。一个瓷盆里放着鸡蛋加少量的水和成的稀面，舀一大勺，摊在平铛上，煎熟，加一把葱花。广东老太太很舍得放猪油。鸡蛋饼煎得两面焦黄，猪油吱吱作响，喷香。一个鸡蛋饼直径一尺，卷而食之，很解馋。

晚上，常有一个贵州人来卖馄饨面。有时馄饨皮包完了，他就把馄饨馅拨在汤里下面。问他："你这叫什么面？"贵州老乡毫不迟疑地说："桃花面！"马路对面常有一个卖水果的。卖桃子，"面核桃"和"离核桃"，卖泡梨——棠梨泡在盐水里，梨肉转为极嫩、极脆。

晚上有时有云南兵骑马由东面驰向西面，马蹄铁敲在碎石块的尖棱上，迸出一朵朵火花。

有一位曾在联大任教的作家教授在美国讲学。美国人问他：西南联大八年，设备条件那样差，教授、学生生活那样苦，为什么能出那样多的人才？——有一个专门研究联大校史的美国教授以为联大八年，出的人才比北大、清华、南开三十年出的人才都多。为什么？这位作家回答了两个字：自由。

一九九二年七月五日

跑警报

西南联大有一位历史系的教授——听说是雷海宗先生,他开的一门课因为讲授多年,已经背得很熟,上课前无须准备;下课了,讲到哪里算哪里,他自己也不记得。每回上课,都要先问学生:"我上次讲到哪里了?"然后就滔滔不绝地接着讲下去。班上有个女同学,笔记记得最详细,一句不落。雷先生有一次问她:"我上一课最后说的是什么?"这位女同学打开笔记来,看了看,说:"您上次最后说:'现在已经有空袭警报,我们下课。'"

这个故事说明昆明警报之多。我刚到昆明的头两年，一九三九、一九四〇年，三天两头有警报。有时每天都有，甚至一天有两次。昆明那时几乎说不上有空防力量，日本飞机想什么时候来就来。有时竟至在头一天广播：明天将有27架飞机来昆明轰炸。日本的空军指挥部还真言而有信，说来准来！

一有警报，别无他法，大家就都往郊外跑，叫作"跑警报"。"跑"和"警报"连在一起，构成一个语词，细想一下，是有些奇特的，因为所跑的并不是警报。这不像"跑马""跑生意"那样通顺。但是大家就这么叫了，谁都懂，而且觉得很合适。也有叫"逃警报"或"躲警报"的，都不如"跑警报"准确。"躲"，太消极；"逃"，又太狼狈。唯有这个"跑"字于紧张中透出从容，最有风度，也最能表达丰富生动的内容。

有一个姓马的同学最善于跑警报。他早起看天，只要是万里无云，不管有无警报，他就背了一壶水，带点吃的，夹着一卷温飞卿或李商隐的诗，向郊外走去。直到太阳偏西，估计日本飞机不会来了，才慢慢地回来。这样的人不多。

警报有三种。如果在四十多年前向人介绍警报有几种，会被认为有"神经病"，这是谁都知道的。然而对今天的青年，却是一项新的课题。一曰"预行警报"。

联大有一个姓侯的同学，原系航校学生，因为反应迟钝，被淘汰下来，读了联大的哲学心理系。此人对于航空旧情不忘，曾用黄色的"标语纸"贴出巨幅"广告"，举行学术报告，题曰"防空常识"。他不知道为什么对"警报"特别敏感。他正在听课，忽然跑了出去，站在新校舍的南北通道上，扯起嗓子大声喊叫："现在有预行警报，五华山挂了三个红球！"可不！抬头往南一看，五华山果然挂起了三个很大的红球。五华山是昆明的制高点，红球挂出，全市皆见。我们一直很奇怪：他在教室里，正在听讲，怎么会"感觉"到五华山挂了红球呢？——教室的门窗并不都正对五华山。

一有预行警报，市里的人就开始向郊外移动。住在翠湖以北的，多半出北门或大西门，出大西门的似尤多。大西门外，越过联大新校舍门前的公路，有一条由南向北的用浑圆的石块铺成的宽可五六尺的小路。这条路据说是古驿道，一直可以通到滇西。路在山沟里，平常走的人不多，常见的是驮着盐巴、碗糖或其他货物的马帮走过。赶马的马锅头侧身坐在木鞍上，从齿缝里咝咝地吹出口哨（马锅头吹口哨都是这种吹法，没有撮唇而吹的），或低声唱着呈贡"调子"：

哥那个在至高山那个放呀放放牛，
妹那个在至花园那个梳那个梳梳头。
哥那个在至高山那个招呀招招手，
妹那个在至花园点那个点点头。

这些走长道的马锅头有他们的特殊装束。他们的短褂外都套了一件白色的羊皮背心，脑后挂着漆布的凉帽，脚下是一双厚牛皮底的草鞋状的凉鞋，鞋帮上大都绣了花，还钉着亮晶晶的"鬼眨眼"亮片——这种鞋似只有马锅头穿，我没见从事别种行业的

人穿过。马锅头押着马帮,从这条斜阳古道上走过,马项铃哗棱哗棱地响,很有点浪漫主义的味道,有时会引起远客的游子一点淡淡的乡愁……

有了预行警报,这条古驿道就热闹起来了。从不同方向来的人都涌向这里,形成了一条人河。走出一截,离市较远了,就分散到古道两旁的山野,各自寻找一个合适的地方待下来,心平气和地等着——等空袭警报。

联大的学生见到预行警报,一般是不跑的,都要等听到空袭警报:汽笛声一短一长,才动身。新校舍北边围墙上有一个后门,出了门,过铁道(这条铁道不知起讫地点,从来也没见有火车通过),就是山野了。要走,完全来得及——所以雷先生才会说"现在已经有空袭警报"。只有预行警报,联大师生一般都是照常上课的。

跑警报大都没有准地点,漫山遍野。但人也有习惯性,跑惯了哪里,愿意上哪里。大多是找一个坟头,这样可以靠靠。昆明的坟多有碑,碑上除了刻下坟主的名讳,还刻出"×山×向",并开出坟茔的"四至"。这风俗我在别处还未见过。这大概也是一种古风。

说是漫山遍野,但也有几个比较集中的"点"。古驿道的一侧,靠近语言研究所资料馆不远,有一片马尾松林,就是一个点。

这地方除了离学校近，有一片碧绿的马尾松，树下一层厚厚的干了的松毛，很软和，空气好——马尾松挥发出很重的松脂气味，晒着从松枝间漏下的阳光，或仰面看松树上面的蓝得要滴下来的天空，都极舒适外，是因为这里还可以买到各种零吃。昆明做小买卖的，有了警报，就把担子挑到郊外来了。五味俱全，什么都有。最常见的是"叮叮糖"。"叮叮糖"即麦芽糖，也就是北京人祭灶用的关东糖，不过做成一个直径一尺多，厚可一寸许的大糖饼，放在四方的木盘上，有人掏钱要买，糖贩即用一个刨刃形的铁片揳入糖边，然后用一个小小铁锤，一击铁片，叮的一声，一块糖就震裂下来了——所以叫作"叮叮糖"。其次是炒松子。昆明松子极多，个大皮薄仁饱，很香，也很便宜。我们有时能在松树下面捡到一个很大的成熟了的生的松球，就掰开鳞瓣，一颗一颗地吃起来。——那时候，我们的牙都很好，那么硬的松子壳，一嗑就开了！

另一个集中点比较远，得沿古驿道走出四五里，驿道右侧较高的土山上有一横断的山沟（大概是哪一年地震造成的），沟深约三丈，沟口有两丈多宽，沟底也宽有六七尺。这是一个很好的天然防空沟，日本飞机若是投弹，只要不是直接命中，落在沟里，即便是在沟顶上爆炸，弹片也不易蹦进来。机枪扫射也不要紧，沟的两壁是死角。这道沟可以容数百人。有人常到这里，就利用闲空，在沟壁上修了一些私人专用的防空洞，大小不等，形式不一。这些防空洞不仅表面光洁，有的还用碎石子或碎瓷片嵌出图案，缀成对联。对联大都有新意。我至今记得两副。一副是：

　　人生几何；
　　恋爱三角。

一副是：

　　见机而作；
　　入土为安。

　　对联的嵌缀者的闲情逸致是很可叫人佩服的。前一副也许是有感而发，后一副却是纪实。
　　警报有三种。预行警报大概是表示日本飞机已经起飞。拉空袭警报大概是表示日本飞机进入云南省境了，但是进云南省不一定到昆明来。等到汽笛拉了紧急警报：连续短音，这才可以肯定是朝昆明来的。空袭警报到紧急警报之间，有时要间隔很长时间，所以到了这里的人都不忙下沟——沟里没有太阳,而且过早地像云冈石佛似的坐在洞里也很无聊,大都先在沟上看书、闲聊、打桥牌。很多人听到紧急警报还不动,因为紧急警报后日本飞机也不定准来,常常是折飞到别处去了。要一直等到看见飞机的影子了,这才一骨碌站起来,下沟,进洞。联大的学生,以及住在昆明的人,对跑警报太有经验了,从来不仓皇失措。

上举的前一副对联或许是一种泛泛的感慨,但也是有现实意义的。跑警报是谈恋爱的机会。联大同学跑警报时,成双作对的很多。空袭警报一响,男的就在新校舍的路边等着,有时还提着一袋点心吃食,宝珠梨、花生米……他等的女同学来了,"嗨!"于是欣然并肩走出新校舍的后门。跑警报说不上是同生死,共患难,但隐隐约约有那么一点危险感,和看电影、遛翠湖时不同。这一点危险感使两方的关系更加亲近了。女同学乐于有人伺候,男同学也正好殷勤照顾,表现一点骑士风度。正如孙悟空在高老庄所说:"一来医得眼好,二来又照顾了郎中,这是凑四合六的买卖。"从这点来说,跑警报是颇为罗曼蒂克的。有恋爱,就有三角,有失恋。跑警报的"对儿"并非总是固定的,有时一方被另一方"甩"了,两人"吹"了,"对儿"就要重新组合。写(姑且叫作"写"吧)那副对联的,大概就是一位被"甩"的男同学。不过,也不一定。

警报时间有时很长,长达两三个小时,也很"腻歪"。紧急警报后,日本飞机轰炸已毕,人们就轻松下来。不一会儿,"解除警报"响了:汽笛拉长音,大家就起身拍拍尘土,络绎不绝地返回市里。也有时不等解除警报,很多人就往回走:天上起了乌云,要下雨了。一下雨,日本飞机不会来。在野地里被雨淋湿,可不是事!一有雨,我们有一个同学一定是一马当先往回奔,就是前面所说那位报告预行警报的姓侯的。他奔回新校舍,到各个宿舍搜罗了很多雨伞,放在新校舍的后门外,见有女同学来,就递过一把。他怕这些女同学挨淋。这位侯同学长得五大三粗,却有一副贾宝玉的心肠。大概是上了吴雨僧先生的《红楼梦》的课,受了影响。侯兄送伞,已成定例。警报下雨,一次不落。名闻全校,贵在有恒。——这些伞,等雨住后他还会到南院女生宿舍去敛回来,再归还原主的。

跑警报,大都要把一点值钱的东西带在身边。最方便的是金子——金戒指。有一位哲学系的研究生曾经做了这样的逻辑推理:有人带金子,必有人会丢掉金子,有人丢金子,就会有人捡到金子,我是人,故我可以捡到金子。因此,跑警报时,特别是解除警报以后,他每次都很留心地巡视路面。他当真两次捡到过金戒指!逻辑推理有此妙用,大概是教逻辑学的金岳霖先生所未料到的。

联大师生跑警报时没有什么可带，因为身无长物，一般大都是带两本书或一册论文的草稿。有一位研究印度哲学的金先生每次跑警报总要提了一只很小的手提箱。箱子里不是什么别的东西，是一个女朋友写给他的信——情书。他把这些情书视如性命，有时也会拿出一两封来给别人看。没有什么不能看的，因为没有卿卿我我的肉麻的话，只是一个聪明女人对生活的感受，文字很俏皮，充满了英国式的机智，是一些很漂亮的Essay，字也很秀气。这些信实在是可以拿来出版的。金先生辛辛苦苦地保存了多年，现在大概也不知去向了，可惜。我看过这个女人的照片，人长得就像她写的那些信。

联大同学也有不跑警报的，据我所知，就有两人。一个是女同学，姓罗。一有警报，她就洗头。别人都走了，锅炉房的热水没人用，她可以敞开来洗，要多少水有多少水！另一个是一位广东同学，姓郑。他爱吃莲子。一有警报，他就用一个大漱口缸到锅炉火口上去煮莲子。警报解除了，他的莲子也烂了。有一次日本飞机炸了联大，昆明北院、南院，都落了炸弹，这位郑老兄听着炸弹乒乒乓乓在不远的地方爆炸，依然在新校舍大图书馆旁的锅炉上神色不动地搅和他的冰糖莲子。

抗战期间，昆明有过多少次警报，日本飞机来过多少次，无法统计。自然也死了一些人，毁了一些房屋。就我的记忆，大东门外，有一次日本飞机机枪扫射，田地里死的人较多。大西门外小树林里曾炸死了好几匹驮木柴的马。此外似无较大伤亡。警报、轰炸，并没有使人产生血肉横飞，一片焦土的印象。

日本人派飞机来轰炸昆明，其实没有什么实际的军事意义，用意不过是吓唬吓唬昆明人，施加威胁，使人产生恐惧。他们不知道中国人的心理是有很大的弹性的，不那么容易被吓得魂不附体。我们这个民族，长期以来，生于忧患，已经很"皮实"了，对于任何猝然而来的灾难，都用一种"儒道互补"的精神对待之。这种"儒道互补"的真髓，即"不在乎"。这种"不在乎"精神，是永远征不服的。

为了反映"不在乎"，作《跑警报》。

一九八四年十二月六日

泡茶馆

"泡茶馆"是联大学生特有的语言。本地原来似无此说法,本地人只说"坐茶馆"。"泡"是北京话。其含义很难准确地解释清楚。勉强解释,只能说是持续长久地沉浸其中,像泡泡菜似的泡在里面。"泡蘑菇""穷泡",都有长久的意思。北京的学生把北京的"泡"字带到了昆明,和现实生活结合起来,便创造出一个新的语汇。"泡茶馆",即长时间地在茶馆里坐着。本地的"坐茶馆"也含有时间较长的意思。到茶馆里去,首先是坐,其次才是喝茶(云南叫吃茶)。不过联大的学生在茶馆里坐的时间往往比本地人长,长得多,故谓之"泡"。

有一个姓陆的同学，是一怪人，曾经骑自行车旅行半个中国。这人真是一个泡茶馆的冠军。他有一个时期，整天在一家熟识的茶馆里泡着。他的盥洗用具就放在这家茶馆里。一起来就到茶馆里去洗脸刷牙，然后坐下来，泡一碗茶，吃两个烧饼，看书。一直到中午，起身出去吃午饭。吃了饭，又是一碗茶，直到吃晚饭。晚饭后，又是一碗，直到街上灯火阑珊，才挟着一本很厚的书回宿舍睡觉。

昆明的茶馆共分几类，我不知道。大别起来，只能分为两类，一类是大茶馆，一类是小茶馆。

正义路原先有一家很大的茶馆，楼上楼下，有几十张桌子。都是荸荠紫漆的八仙桌，很鲜亮。因为在热闹地区，坐客常满，人声嘈杂。所有的柱子上都贴着一张很醒目的字条："莫谈国事。"时常进来一个看相的术士，一手捧一个六寸来高的硬纸片，上书该术士的大名（只能叫作大名，因为往往不带姓，不能叫"姓名"；又不能叫"法名""艺名"，因为他并未出家，也不唱戏），一只手捏着一根纸媒子，在茶桌间绕来绕去，嘴里念说着"送看手相不要钱！""送看手相不要钱！"——他手里这根媒子即看手相时用来指示手纹的。

这种大茶馆有时唱围鼓。围鼓即由演员或票友清唱。我很喜欢"围鼓"这个词。唱围鼓的演员、票友好像是不取报酬的。只是一群有同好的闲人聚拢来唱着玩。但茶馆却可借来招揽顾客，所以茶馆便于闹市张贴告条："某月日围鼓。"到这样的茶馆里来一边听围鼓，一边吃茶，也就叫作"吃围鼓茶"。"围鼓"这个词大概是从四川来的，但昆明的围鼓似多唱滇剧。我在昆明七年，对滇剧始终没有入门。只记得不知什么戏里有一句唱词"孤王头上长青苔"。孤王的头上如何会长青苔呢？这个设想实在是奇绝，因此一听就永不能忘。

我要说的不是那种"大茶馆"。这类大茶馆我很少涉足，而且有些大茶馆，包括正义路那家兴隆鼎盛的大茶馆，后来大都陆续停闭了。我所说的是联大附近的茶馆。

从西南联大新校舍出来，有两条街，凤翥街和文林街，都不长。这两条街上至少有不下十家茶馆。从联大新校舍，往东，折向南，进一座砖砌的小牌楼式的街门，便是凤翥街。街头右手第一家便是一家茶馆。这是一家小茶馆，只有三张茶桌，而且大小不等、形状不一的茶具也是比较粗糙的，随意画了几笔蓝花的盖碗。除了卖茶，檐下挂着大串大串的草鞋和地瓜（即湖南人所谓的凉薯），这也是卖的。张罗茶座的是一个女人。这女人长得很强壮，皮色也颇白净。她生了好些孩子。身边常有两个孩子围着她转，手里还抱

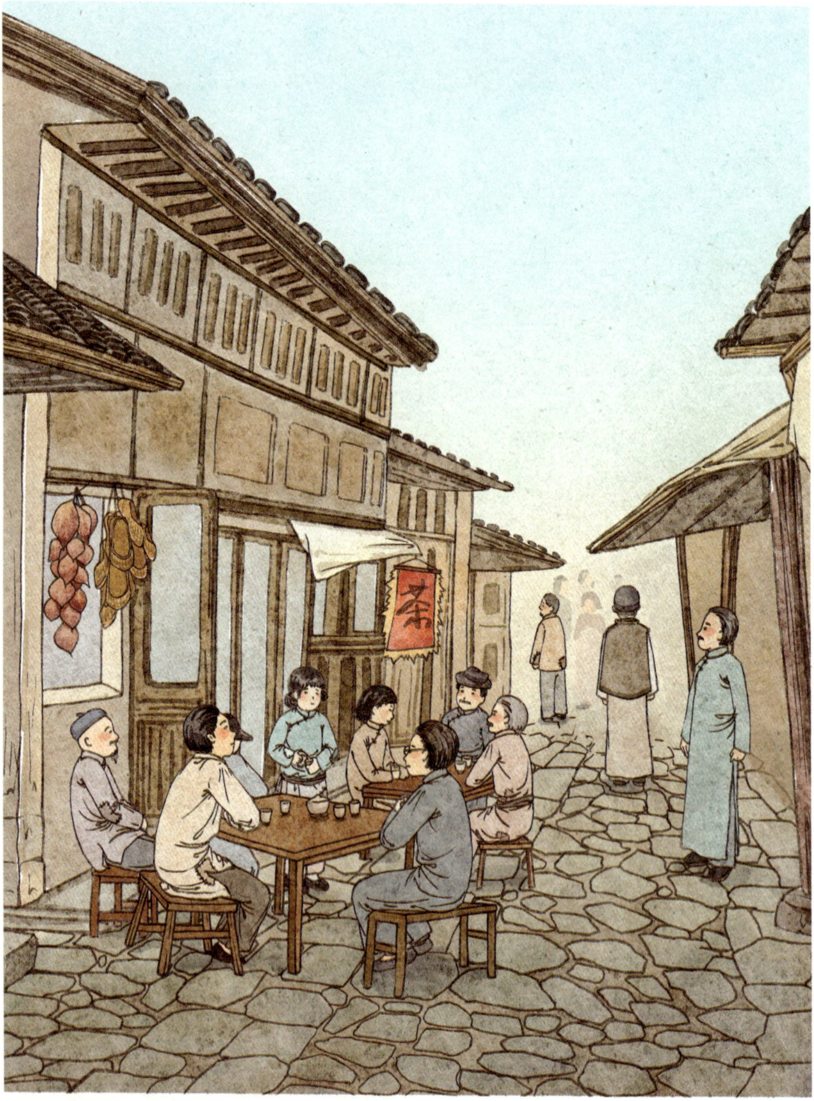
茶

着一个。她经常敞着怀，一边奶着那个早该断奶的孩子，一边为客人冲茶。她的丈夫，比她大得多，状如猿猴，而目光锐利如鹰。他什么事情也不管，但是每天下午却捧了一个大碗喝牛奶。这个男人是一头种畜。这情况使我们颇为不解。这个白皙强壮的妇人，只凭一天卖几碗茶，卖一点草鞋、地瓜。怎么能喂饱了这么多张嘴，还能供应一个懒惰的丈夫每天喝牛奶呢？怪事！中国的妇女似乎有一种天授的惊人的耐力，多大的负担也压不垮。

由这家往前走几步，斜对面，曾经开过一家专门招徕大学生的新式茶馆。这家茶馆的桌椅都是新打的，涂了黑漆。堂倌系着白围裙。卖茶用细白瓷壶，不用盖碗（昆明茶馆卖茶一般都用盖碗）。除了清茶，还卖沱茶、香片、龙井。本地茶客从门外过，伸头看看这茶馆的局面，再看看里面坐得满满的大学生，就会挪步另走一家了。这家茶馆没有什么值得一记的事，而且开了不久就关了。联大学生至今还记得这家茶馆是因为隔壁有一家卖花生米的。这家似乎没有男人，站柜卖货的是姑嫂两人，都还年轻，成天涂脂抹粉。尤其是那个小姑子，见人走过，辄做媚笑。联大学生叫她"花生西施"。这西施卖花生米是看人行事的。好看的来买，就给得多；难看的给得少。因此我们每次买花生米都推选一个挺拔英俊的"小生"去。

再往前几步，路东，是一个绍兴人开的茶馆。这位绍兴老板不知怎么会跑到昆明来，又不知为什么在这条小小的凤翥街上来开一爿茶馆。他至今乡音未改。大概他有一种独在异乡为异客的情绪，所以对待从外地来的联大学生异常亲热。他这茶馆里除了卖清茶，还卖一点芙蓉糕、萨琪玛、月饼、桃酥，都装在一个玻璃匣子里。我们有时觉得肚子里有点缺空而又不到吃饭的时候，便到他这里一边喝茶一边吃两块点心。有一个善于吹口琴的姓王的同学经常在绍兴人茶馆喝茶。他喝茶，可以欠账。不但喝茶可以欠账，我们有时想看电影而没有钱，就由这位口琴专家出面向绍兴老板借一点。绍兴老板每次都是欣然地打开钱柜，拿出我们需要的数目。我们于是欢欣鼓舞，兴高采烈，迈开大步，直奔南屏电影院。

再往前，走过十来家店铺，便是凤翥街口，路东路西各有一家茶馆。

路东一家较小，很干净，茶桌不多。掌柜的是个瘦瘦的男人，有几个孩子。掌柜的事情多，为客人冲茶续水，大都由一个十三四岁的大儿子担任，我们称他这个儿子为"主任儿子"。街西那家又脏又乱，地面坑洼不平，一地的烟头、火柴棍、瓜子皮。茶桌也是七大八小，摇摇晃晃，但是生意却特别好。从早到晚，人坐得满满的。也许是因为风水好。这家茶馆正在凤翥街和龙翔街交接处，门面一边对着凤翥街，一边对着龙翔街，坐在茶馆两条街上的热闹都看得见。到这家吃茶的全部是本地人，本街的闲人、赶马的马锅头、卖柴的、卖菜的。他们都抽叶子烟，要了茶以后，便从怀里掏出一个烟盒——圆形，皮制的，外面涂着一层黑漆，打开来，揭开覆盖着的菜叶，拿出剪好的金堂叶子，一支一支地卷起来。茶馆的墙壁上张贴、涂抹得乱七八糟。但我却于西墙上发现了一首诗，一首真正的诗：

记得旧时好，

跟随爹爹去吃茶。

门前磨螺壳，

巷口弄泥沙。

是用墨笔题写在壁上的。这使我大为惊异了。这是什么人写的呢？

每天下午，有一个盲人到这家茶馆来卖唱。他打着扬琴，说唱着。照现在的说法，这应是一种曲艺，但这种曲艺该叫什么名称，我一直没有打听着。我问过"主任儿子"，他说是"唱扬琴的"，我想不是。他唱的是什么？我有一次特意站下来听了一会儿，是：

……………

　　良田美地卖了，

　　高楼大厦拆了，

　　娇妻美妾跑了，

　　狐皮袍子当了，

　　……………

　　我想了想，哦，这是一首劝诫鸦片的歌，他这唱的是鸦片烟之危害。这是什么时候传下来的呢？说不定是林则徐时代某一忧国之士的作品。但是这个盲人只管唱他的，茶客们似乎都没有在听，他们仍然在说话，各人想自己的心事。到了天黑，这个盲人背着扬琴，点着马杆，踽踽地走回家去。我常常想：他今天能吃饱么？

　　进大西门，是文林街，挨着城门口就是一家茶馆。这是一家最无趣味的茶馆。茶馆墙上的镜框里装的是美国电影明星的照片，蓓蒂·黛维丝、奥丽薇·德·哈弗兰、克拉克·盖博、泰伦宝华……除了卖茶，还卖咖啡、可可。这家的特点是：进进出出的除了穿西服和麂皮夹克的比较有钱的男同学外，还有把头发卷成一根一根香肠似的女同学。有时到了星期六，还开舞会。茶馆的门关了，从里面传出《蓝色的多瑙河》和《风流寡妇》舞曲，里面正在"嘣嚓嚓"。

和这家斜对着的一家，跟这家截然不同。这家茶馆除卖茶，还卖煎血肠。这种血肠是牦牛肠子灌的，煎起来一街都闻见一种极其强烈的气味，说不清是异香还是奇臭。这种西藏食品，那些把头发卷成香肠一样的女同学是绝对不敢问津的。

由这两家茶馆往东，不远几步，面南便可折向钱局街。街上有一家老式的茶馆，楼上楼下，茶座不少。说这家茶馆是"老式"的，是因为茶馆备有烟筒，可以租用，一段青竹，旁安一个粗如小指半尺长的竹管，一头装一个带爪的莲蓬嘴，这便是"烟筒"。在莲蓬嘴里装了烟丝，点以纸媒，把整个嘴埋在筒口内，尽力猛吸，筒内的水咚咚作响，浓烟便直灌肺腑，顿时觉得浑身通泰。吸烟筒要有点功夫，不会吸的吸不出烟来。茶馆的烟筒比家用的粗得多，高齐桌面，吸完就靠在桌腿边，吸时尤需底气充足。

这家茶馆门前，有一个小摊，卖酸角（不知什么树上结的，形状有点像皂荚，极酸，入口使人攒眉）、拐枣（也是树上结的，应该算是果子，状如鸡爪，一疙瘩一疙瘩的，有的地方即叫作鸡脚爪，味道很怪，像红糖，又有点像甘草）和泡梨（常梨泡在盐水里，梨味本是酸甜的，昆明人却偏于盐水内泡而食之。泡梨仍有梨香，而梨肉极脆嫩）。过了春节则有人于门前卖葛根。葛根是药，我过去只在中药铺见过，切成四方的棋子块儿，是已经经过加工的了。原物是什么样子，我是在昆明才见到的。这种东西可以当零食来吃，我也是在昆明才知道。一截根，粗如手臂，横放在一块板上，外包一块湿布。给很少的钱，卖葛根的便操起有点像北京切涮羊肉的肉片用的那种薄刃长刀，切下薄薄的几片给你。雪白的。嚼起来有点像干瓤的生白薯片，而有极重的药味。据说葛根能清火。联大的同学大概很少人吃过葛根。我是什么奇奇怪怪的东西都要买一点尝一尝的。

　　大学二年级那一年，我和两个外文系的同学经常一早就坐到这家茶馆靠窗的一张桌边，各自看自己的书，有时整整坐一上午，彼此不交语。我这时才开始写作，我的最初几篇小说，即在这家茶馆里写的。茶馆离翠湖很近，从翠湖吹来的风里，时时带有水浮莲的气味。

　　回到文林街。文林街中，正对府甬道，后来新开了一家茶馆。这家茶馆的特点一是卖茶用玻璃杯，不用盖碗，也不用壶。不卖清茶，卖绿茶和红茶。红茶色如玫瑰，绿茶苦如猪胆。二是茶桌较少，且覆有玻璃桌面。在这样桌子上打桥牌实在是再适合不过了，因此到这家茶馆来喝茶的，大都是来打桥牌的，这茶馆实在是一个桥牌俱乐部。联大打桥牌之风很盛。有一个姓马的同学每天到这里打桥牌。解放后，我才知道他是老地下党员，昆明学生运动的领导人之一。学生运动搞得那样热火朝天,他每天都只是很闲在、很热衷地在打桥牌,谁也看不出他和学生运动有什么关系。

文林街的东头,有一家茶馆,是一个广东人开的,字号就叫"广发茶社"——昆明的茶馆我记得字号的只有这一家,原因之一,是我后来住在民强巷,离广发很近,经常到这家去。原因之二,是经常聚在这家茶馆里的,有几个助教、研究生和高年级的学生。这些人多多少少有一点玩世不恭。那时联大同学常组织什么学会,我们对这些俨乎其然的学会微存嘲讽之意。有一天,广发的茶友之一说:"咱们这也是一个学会——广发学会!"这本是一句茶余的笑话,不料广发的茶友之一,解放后,在一次运动中被整得不可开交,胡乱交代问题,说他曾参加过"广发学会"。这就惹下了麻烦。几次有人,专程到北京来外调"广发学会"问题。被调查的人心里想笑,又笑不出来,因为来外调的政工人员态度非常严肃。广发茶馆代卖广东点心。所谓广东点心,其实只是包了不同味道的甜馅的小小的酥饼,面上却一律贴了几片香菜叶子,这大概是这一家饼师的特有的手艺。我在别处吃过广东点心,就没有见过面上贴有香菜叶子的——至少不是每一块都贴。

或问:泡茶馆对联大学生有些什么影响?答曰:第一,可以养其浩然之气。联大的学生自然也是贤愚不等,但多数是比较正派的。那是一个污浊而混乱的时代，学生生活又穷困得近乎潦倒，但是很多人却能自许清高，鄙视庸俗，并能保持绿意葱茏的幽默感，用来对付恶浊和穷困，并不颓丧灰心，这跟泡茶馆是有些关系的。第二，茶馆出人才。联大学生上茶馆，并不是穷泡，除了瞎聊，大部分时间都是用来读书的。联大图书馆座位不多，宿舍里没有桌凳，看书多半在茶馆里。联大同学上茶馆很少不挟着一本乃至几本书的。不少人的论文、读书报告，都是在茶馆写的。有一年一位姓石的讲师的"哲学概论"期终考试，我就是把考卷拿到茶馆里去答好了再交上去的。联大八年，出了很多人才。研究联大校史，搞"人才学"，不能不了解了解联大附近的茶馆。第三，泡茶馆可以接触社会。我对各种各样的人、各种各样的生活都发生兴趣，都想了解了解，跟泡茶馆有一定关系。如果我现在还算一个写小说的人，那么我这个小说家是在昆明的茶馆里泡出来的。

一九八四年五月十三日

七载云烟

天地一瞬

我在云南住过七年,一九三九年到一九四六年。准确地说,只能说在昆明住了七年。昆明以外,最远只到过呈贡,还有滇池边一片沙滩极美、柳树浓密的叫作斗南村的地方,连富民都没有去过。后期在黄土坡、白马庙各住过年把两年,这只能算是郊区。到过金殿、黑龙潭、大观楼,都只是去游逛,当日来回。我们经常活动的地方是市内。市内又以正义路及其旁出的几条横街为主。

正义路北起华山南路，南至金马碧鸡牌坊，当时是昆明的贯通南北的干线，又是市中心所在。我们到南屏大戏院去看电影——放的都是美国片子。更多的时间是无目的地闲走，闲看。

我们去逛书店。当时书店都是开架售书，可以自己抽出书来看。有的穷大学生会靠在柜台一边，看一本书，一看两三个小时。

逛裱画店。昆明几乎家家都有钱南园的写得四方四正的颜字对联。还有一个吴忠荩老先生写得极其流利但用笔扁如竹篾的行书四扇屏。慰情聊胜无，看看也是享受。

武成路后街有两家做锡箔的作坊。我每次经过，都要停下来看做锡箔的师傅在一个木墩上垫了很厚的粗草纸，草纸间衬了锡片，用一柄很大的木槌，使劲夯砸那一垛草纸。师傅浑身是汗，于是锡箔就槌成了。没有人愿意陪我欣赏这种槌锡箔艺术，他们都以为："这有什么看头！"

逛茶叶店。茶叶店有什么逛头？有！华山西路有一家茶叶店，一壁挂了一副嵌在镜框里的米南宫体的小对联，字写得好，联语尤好：

　　静对古碑临黑女；
　　闲吟绝句比红儿。

我觉得这对得很巧,但至今不知道这是谁的句子。尤其使我不明白的是,这家茶叶店为什么要挂这样一副对子?

我们每天经过,随时往来的地方,还是大西门一带。大西门里的文林街,大西门外的凤翥街、龙翔街。"凤翥""龙翔",不知道是哪位善于辞藻的文人起下的富丽堂皇的街名,其实这只是两条丁字形的小小的横竖街。街虽小,人却多,气味浓稠。这是来往滇西的马锅头卸货、装货、喝酒、吃饭、抽鸦片、睡女人的地方。我们在街上很难"深入"这种生活的里层,只能切切实实地体会到:这是生活!我们在街上闲看。看卖市柴的、卖市炭的、卖粗瓷碗的、卖砂锅的,并且常常为一点细节感动不已。

但是我生活得最久,接受影响最深,使我成为这样一个人,这样一个作家——不是另一种作家的地方,是西南联大,新校舍。

骑了毛驴考大学

万里长征,

辞却了五朝宫阙。

暂驻足,

衡山湘水,又成离别。

绝徼移栽桢干质，

九州遍洒黎元血。

尽笳吹弦诵在山城，

情弥切。

…………

——西南联大校歌

日寇侵华，平津沦陷，北大、清华、南开被迫南迁，组成一个大学，在长沙暂住，名为"临时大学"。后迁云南，改名"国立西南联合大学"，简称"西南联大"。这是一座战时的、临时性的大学，但却是一个产生天才，影响深远，可以彪炳于世界大学之林，与牛津、剑桥、哈佛、耶鲁平列而无愧色的，窳陋而辉煌的，奇迹一样的，"空前绝后"的大学。喔，我的母校，我的西南联大！

像蜜蜂寻找蜜源一样飞向昆明的大学生，大概有几条路径。

一条是陆路。三校部分同学组成"西南旅行团"，由北平出发，走向大西南。一路夜宿晓行，埋锅造饭，过的完全是军旅生活。他们的"着装"是短衣，打绑腿，布条编的草鞋，背负薄薄的一卷行李，行李卷上横置一把红油纸伞，有点像后来的"大串联"的红卫兵。除了摆渡过河外，全是徒步。自北平至昆明，全程三千五百里，算得上是一个壮举。旅行团有部分教授参加，闻一多先生就是其中之一。闻先生一路画了不少铅笔速写。其时闻先生已经把胡子留起来了——闻先生曾发愿：抗战不胜，誓不剃须！

另一路是海程。由天津或上海搭乘怡和或太古轮船，经香港，到越南海防，然后坐滇越铁路火车，由老街入境，至昆明。

有意思的是，轮船上开饭，除了白米饭之外，还有一箩高粱米饭，这是给东北学生预备的。吃高粱米饭，就咸鱼、小虾，可以使"我的家在东北松花江上"的流亡学生得到一点安慰，这种举措很有人情味。

我们在上海就听说滇越路有瘴气，易得恶性疟疾，沿路的水不能喝，于是带了好多瓶矿泉水。当时的矿泉水是从法国进口的，很贵。

没有想到恶性疟疾照顾上了我！到了昆明，就发了病，高烧超过四十度，进了医院，医生就给我打了强心针。（我还跟护士开玩笑，问"要不要写遗书？"）用的药是"六〇六"，我赶快声明：我没有生梅毒！

出了院，晕晕乎乎地参加了全国统一招生考试。上帝保佑，竟以第一志愿被录取，我当时真是像做梦一样。

当时到昆明来考大学的，取道各有不同。

有一位历史系学生姓刘的同学是自己挑了一担行李,从家乡河南一步一步走来的。这人的样子完全是一个农民,说话乡音极重,而且四年不改。

有一位姓应的物理系的同学,是在西康买了一头毛驴,一路骑到昆明来的。此人精瘦,外号"黑鬼",宁波人。

这样一些莘莘学子,不远千里,从四面八方奔到昆明来,考入西南联大,他们来干什么,寻找什么?

大部分同学是来寻找真理、寻找智慧的。

也有些没有明确目的,糊里糊涂的。我在报考申请书上填了西南联大,只是听说这三座大学,尤其是北大的学风是很自由的,学生上课、考试,都很随便,可以吊儿郎当。我就是冲着吊儿郎当来的。

我寻找什么?

寻找潇洒。

斯是陋室

西南联大的校舍很分散,很多处是借用昆明原有的房屋、学校、祠堂。自建的,集中、成片的校舍叫"新校舍"。

新校舍大门南向,进了大门是一条南北大路。这条路是土路,下雨天滑不留足,摔倒的人很多。这条土路把新校舍划分成东西两区。

西边是学生宿舍。土墙,草顶。土墙上开了几个方洞,方洞上竖了几根不去皮的树棍,便是窗户。挨着土墙排了一列双人木床,一边十张,一间宿舍可住四十人,桌椅是没有的。两个装肥皂的木箱摞起来。既是书桌,也是衣柜。昆明不知道哪里来的那么多肥皂箱,很便宜,男生女生多数都有这样一笔"财产"。有的同学在同一宿舍中一住四年不挪窝,也有占了一个床位却不来住的。有的不是这个大学的,却住在这里。有一位,姓曹,是同济大学的,学的是机械工程,可是他从来不到同济大学去上课,却从早到晚趴在木箱上写小说。有些同学成天在一起,乐数晨夕,堪称知己。也有老死不相往来,几乎等于不认识的。我和那位姓刘的历史系同学就是这样,我们俩同睡一张木床,他住上铺,我住下铺,却很少见面。他是个很守规矩,很用功的人,每天按时作息。我是个夜猫子,每天在系图书馆看一夜书,到天亮才回宿舍。等我回屋就寝时,他已经在校园树下苦读英文了。

大路的东侧,是大图书馆。这是新校舍唯一的一座瓦顶的建筑。每天一早,就有人等在门外"抢图书馆"——抢位置,抢指定参考书。大图书馆藏书不少,但指定参考书总是不够用的。

每月月初要在这里开一次"国民精神总动员月会",简称"国民月会"。把图书馆大门关上,钉了两面交叉的党国旗,便是会场。所谓月会,就是由学校的负责人讲一通话。讲得次数最多的是梅贻琦,他当时是主持日常校务的校长(北大校长蒋梦麟、南开校长张伯苓)。梅先生相貌清癯,人很严肃,但讲话有时很幽默。有一个时期昆明闹霍乱,梅先生告诫学生不要在外面乱吃,说:"有同学说:'我在外面乱吃了好多次,也没有得一次霍乱。'同学们!这种事情是不能有第二次的。"

更东,是教室区。土墙,铁皮屋顶(涂了绿漆)。下起雨来,铁皮屋顶被雨点打得乒乒乓乓地响,让人想起王禹偁的《黄冈竹楼记》。

这些教室方向不同,大小不一,里面放了一些一边有一块平板,可以在上面记笔记的木椅,都是本色,不漆油漆。木椅的设计可能还是从美国传来的,我在爱荷华、耶鲁都看见过。这种椅子的好处是不固定,可以从这个教室到那个教室任意搬来搬去。吴宓(雨僧)先生讲《红楼梦》,一看下面有女生还站着,就放下手杖,到别的教室去搬椅子。于是一些男同学就也赶紧到别的教室去搬椅子。到"宝姐姐""林妹妹"都坐下了,吴先生才开始讲。

这样的陋室之中,却培养了很多优秀的人才。

联大五十周年校庆时，校友从各地纷纷返校。一位从国外赶回来的老同学（是个男生），进了大门就跪在地上放声大哭。

前几年我重回昆明，到新校舍旧址（现在是云南师范大学）看了看，全都变了样，什么都没有了，只有东北角还保存了一间铁皮屋顶的教室，也岌岌可危了。

不衫不履

联大师生服装各异，但似乎又有一种比较一致的风格。

女生的衣着是比较整洁的。有的有几件华贵的衣服，那是少数军阀商人的小姐。但是她们也只是参加 Party 时才穿，上课时不会穿得花里胡哨的。一般女生都是一身阴丹士林旗袍，上身套一件红的毛衣。低年级的女生爱穿"工裤"——劳动布的长裤，上面有两条很宽的带子，白色或浅花的衬衫。这大概本是北京的女中学生流行的服装，这种风气被贝满等校的女生带到昆明来了。

男同学原来有些西装革履，裤线笔直的，也有穿麂皮夹克的，后来就日渐少了，绝大多数是蓝布长衫，长裤。几年下来，衣服破旧，就想各种办法"弥补"，如贴一张橡皮膏之类。有人裤子破了洞，不会补，也无针线，就找一根麻筋，把破洞结了一个疙瘩。这样

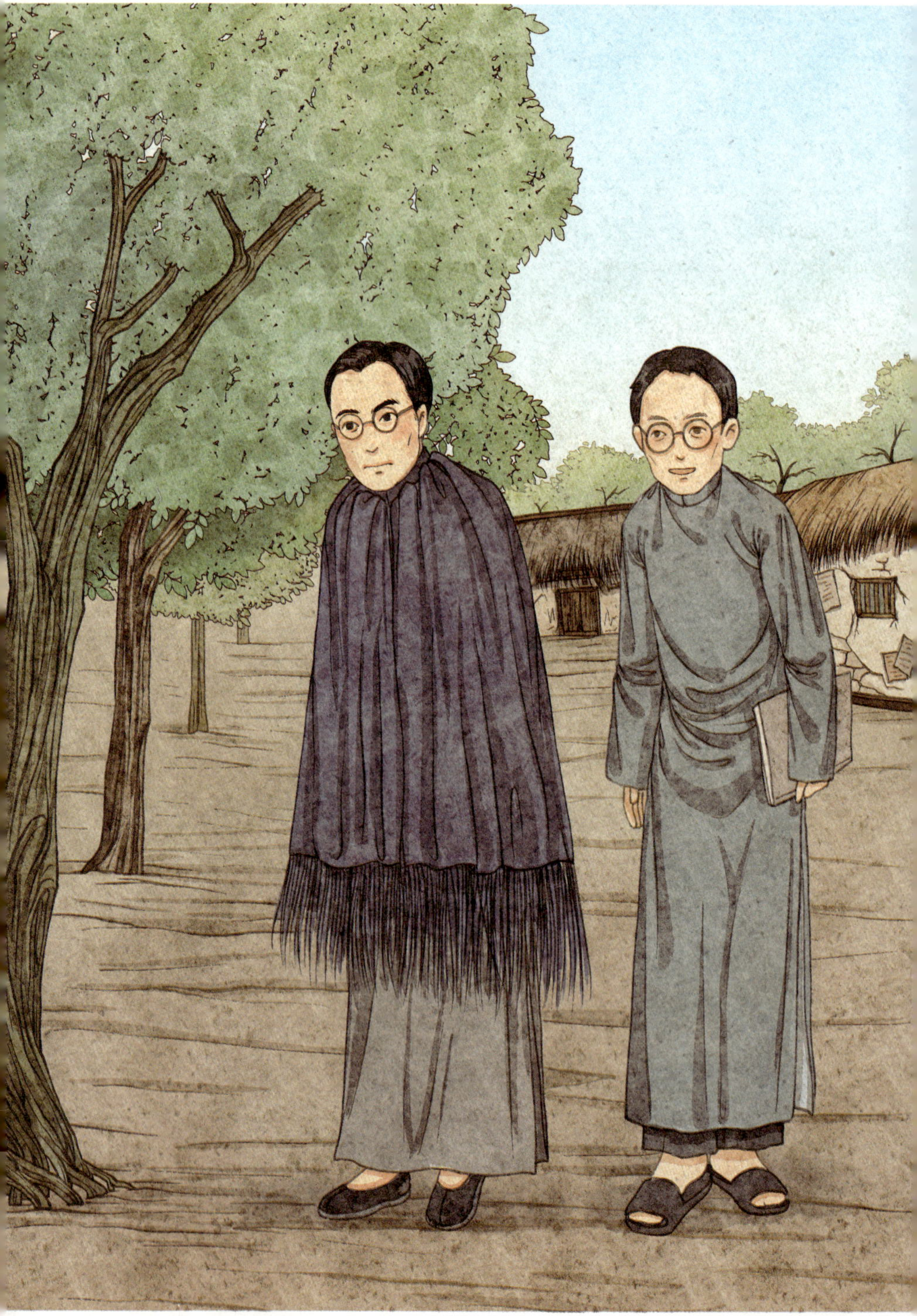

的疙瘩名士不止一人。

教授的衣服也多残破了。闻一多先生有一个时期穿了一件一个亲戚送给他的灰色夹袍,式样早就过时,领子很高,袖子很窄。朱自清先生的大衣破得不能再穿,就买了一件云南赶马人穿的深蓝氆氇的一口钟(大概就是彝族察尔瓦)披在身上,远看有点像一个侠客。有一个女生从南院(女生宿舍)到新校舍去,天已经黑了,路上没有人,她听到后面有"梯里突鲁"的脚步声,以为是坏人追了上来,很紧张。回头一看,是化学教授曾昭抡。他穿了一双空前(露着脚趾)绝后(后跟烂了,提不起来,只能半趿着)鞋,因此发出"梯里突鲁"的声音。

联大师生破衣烂衫,却每天孜孜不倦地做学问,真是穷且益坚,不坠青云之志,这种精神,人天可感。

当时"下海"的,也有。有的学生跑仰光、腊戌,趸卖"玻璃丝袜""旁氏口红";有一个华侨同学在南屏街开了一家很大的咖啡馆,那是极少数。

采 薇

大学生大都爱吃,食欲很旺,有两个钱都吃掉了。初到昆明,带来的盘缠尚未用尽，有些同学和家乡邮汇尚通，不时可以得到接济，一到星期天就出去到处吃馆子。气锅鸡、过桥米线、新亚饭店的过油肘子、东月楼的锅贴乌鱼、映时春的油淋鸡、小西门马家牛肉馆的牛肉、厚德福的铁锅蛋、松鹤楼的腐乳肉、"三六九"（一家上海面馆）的大排骨面，全都吃了一个遍。

钱逐渐用完了，吃不了大馆子，就只能到米线店里吃米线、饵𬝓。当时米线的浇头很多，有焖鸡（其实只是酱油煮的小方块瘦肉，不是鸡）、爨肉（即肉末，音窜，云南人不知道为什么爱写这样一个笔画繁多的怪字）、鳝鱼、叶子（油炸肉皮煮软，有的地方叫"响皮"，有的地方叫"假鱼肚"）。米线上桌，都加很多辣椒——"要解馋，辣加咸"。如果不吃辣，进门就得跟堂倌说："免红！"

到连吃米线、饵𬝓的钱也没有的时候，便只有老老实实到新校舍吃大食堂的"伙食"。饭是"八宝饭"，通红的糙米，里面有沙子、市屑、老鼠屎。菜，偶尔有一碗回锅肉、炒猪血（云南谓之"旺子"），常备的菜是盐水煮芸豆，还有一种叫"魔芋豆腐"的紫灰色的、烂糊糊的淡而无味的奇怪东西。有一位姓郑的同学告诫同学：饭后不可张嘴——恐怕飞出只鸟来！

一九四四年，我在黄土坡一个中学教了两个学期。这个中学是联大办的，没有固定经费，薪水很少，到后来连一点极少的薪水也发不出来，校长（也是同学）只能设法弄一点米来，让教员能吃上饭。菜，对不起，想不出办法。学校周围有很多野菜，我们就吃野菜。校工老鲁是我们的技术指导。老鲁是山东人，原是个老兵，照他说，可吃的野菜简直太多了，但我们吃得最多的是野苋菜（比园种的家苋菜味浓）、灰菜（云南叫作灰藋[①]菜，"藋"字见于《庄子》，是个很古的字），还有一种样子像一根鸡毛掸子的扫帚苗。野菜吃得我们真有些面带菜色了。

有一个时期附近小山上柏树林里飞来很多硬壳昆虫，黑色，形状略似金龟子，老鲁说这叫豆壳虫，是可以吃的，好吃！他捉了一些，撕去硬翅，在锅里干爆了，撒了一点花椒盐，就起酒来。在他的示范下，我们也爆了一盘，闭着眼睛尝了尝，果然好吃。有点像盐爆虾，而且有一股柏树叶的清香——这种昆虫只吃柏树叶，别的树叶不吃。于是我们有了就酒的酒菜和下饭的荤菜。这玩意多得很，一会儿的工夫就能捉一大瓶。

要写一写我在昆明吃过的东西，可以写一大本，撮其大要写了一首打油诗。怕读者看不明白，加了一些注解，诗曰：

[①] 藋字云南读平声。

重升肆里陶杯绿,①
饵块摊来炭火红。②
正义路边养正气,③
小西门外试撩青。④

人间至味干巴菌,⑤
世上馋人大学生。
尚有灰藋堪漫吃,
更循柏叶捉昆虫。

---

① 昆明的白酒分市酒和升酒。市酒是普通白酒,升酒大概是用市酒再蒸一次,谓之"玫瑰重升",似乎有点玫瑰香气。昆明酒店都是盛在绿陶的小碗里,一碗可盛二小两。

② 饵块分两种,都是米面蒸熟了。一种状如小枕头,可做汤饵块、炒饵块。一种是椭圆的饼,状如鞋底,在炭火上烤得发泡,一面用竹片涂了芝麻酱、花生酱、甜酱油、油辣子,对合而食之,谓之"烧饵块"。

③ 气锅鸡以正义路牌楼旁一家最好。这家无字号,只有一块匾,上书大字"培养正气",昆明人想吃气锅鸡,就说:"我们今天去培养一下正气。"

④ 小西门马家牛肉极好。牛肉是蒸或煮熟的,不炒菜,分部位,如"冷片""汤片"……有的名称很奇怪。如大筋(牛鞭)、"领肝"(牛肚)。最特别的是"撩青"(牛舌,牛的舌头可不是撩青草的么?但非懂行人会觉得这很费解)。"撩青"很好吃。

⑤ 昆明菌子种类甚多,如鸡㙡,这是菌中之王。但有一点我至今不明白为什么只长在白蚁窝上。牛肝菌色如牛肝,生时熟后都像牛肝,有小毒,不可多吃,且须加大量的蒜,否则会昏倒。有个女同学吃多了牛肝菌,竟至休克。青头菌,菌盖青绿,菌丝白色,味较清雅。味道最为隽永深长,不可名状的是干巴菌。这东西中吃不中看,颜色紫褐,不成模样,简直像一堆牛屎,里面又夹杂了一些松毛、杂草。可是收拾干净了,撕成蟹腿状的小片,加青辣椒同炒,一箸入口,酒兴顿涨,饭量猛开。这真是人间至味!

一半光阴付苦茶

昆明的大学生（男生）不坐茶馆的大概没有。不可一日无此君，有人一天不喝茶就难受。有人一天喝到晚，可称为"茶仙"。茶仙大抵有两派。一派是固定茶座。有一位姓陆的研究生，每天在一家茶馆里喝三遍茶，早，午，晚。他的牙刷、毛巾、洗脸盆就放这家茶馆里，一起来就上茶馆。另一派是流动茶客，有一姓朱的，也是研究生，他爱到处遛，腿累了就走进一家茶馆，坐下喝一气茶。全市的茶馆他都喝遍了。他不但熟悉每一家茶馆，并且知道附近哪是公共厕所，喝足了茶可以小便，不致被尿憋死。

关于喝茶，我写过一篇《泡茶馆》，已经发表过，写得相当详细，不再重复，有诗为证：

水厄囊空亦可赊，[①]
枯肠三碗嗑葵花。[②]
昆明七载成何事？
一半光阴付苦茶。

[①] 我们和凤翥街几家茶馆很熟，不但喝茶、吃芙蓉糕可以欠账，甚至可以向老板借钱去看电影。
[②] 茶馆常有女孩子来卖炒葵花子，绕桌轻唤："瓜子瓜，瓜子瓜。"

水流云在

云南人对联大学生很好,我们对云南、对昆明也很有感情。我们为云南做了一些什么事,留下一点什么?

有些联大师生为云南做了一些有益的实事,比如地质系师生完成了《云南矿产普查报告》,生物系师生写出了《中国植物志·云南卷》的初稿,其他还有多少科研成果,我不大知道,我不是搞科研的。

比较明显的、普遍的影响是在教育方面。联大学生在中学兼课的很多,连闻一多先生都在中学教过国文,这对昆明中学生学业成绩的提高,是有很大作用的。

更重要的是使昆明学生接受了民主思想,呼吸到独立思考、学术自由的空气,使他们为学为人都比较开放,比较新鲜活泼。这是精神方面的东西,是抽象的,是一种气质,一种格调,难于确指,但是这种影响确实存在。如云如水,水流云在。

一九九四年二月十五日

晚翠园曲会

云南大学西北角有一所花园,园内栽种了很多枇杷树,"晚翠"是从千字文"枇杷晚翠"摘下来的。月亮门的门额上刻了"晚翠园"三个大字,是胡小石写的,很苍劲。胡小石当时在重庆中央大学教书。云大校长熊庆来和他是至交,把他请到昆明来,在云大住了一些时日。胡小石在云大、昆明写了不少字。当时正值昆明开展捕鼠运动，胡小石请有关当局给他拨了很多老鼠胡子，做了一束鼠须笔，准备带到重庆去，自用、送人。鼠须笔我从书上看到过，不想有人真用鼠须为笔。这三个字不知是不是鼠须笔所书。晚翠园除枇杷外，其他花木少，很幽静。云大中文系有几个同学搞了一个曲社，活动（拍曲子、开曲会）多半在这里借用一个小教室，摆两张乒乓球桌，二三十张椅子，曲友毕集，就拍起曲子来。

曲社的策划人实为陶光，有两个云大中文系同学为其助手，管石印曲谱、借教室、打开水等杂务。陶光是西南联大中文系教员，教"大一国文"的作文。"大一国文"为各系大一学生必修。联大的大一国文课有一些和别的大学不同的特点。一是课文的选择。《诗经》选了"关关雎鸠"，好像是照顾面子。《楚辞》选《九歌》，不选《离骚》，大概因为《离骚》太长了。《论语》选《子路曾皙冉有公西华侍坐》。"暮春者，春服既成，冠者五六人，童子六七人，浴乎沂，风乎舞雩，咏而归"，这不仅是训练学生的文字表达能力，这种重个性，轻利禄，潇洒自如的人生态度，对于联大学生的思想素质的形成，有很大的关系，这段文章的影响是很深远的。联大学生为人处世不俗，夸大一点说，是因为读了这样的文章。这是真正的教育作用，也是选文的教授的用心所在。

魏晋不选庾信、鲍照，除了陶渊明，用相当多篇幅选了《世说新语》，这和选《子路曾皙冉有公西华侍坐》，其用意有相通处。唐人文选柳宗元《永州八记》而舍韩愈。宋文突出地全录了李易安的《金石录后序》，这实在是一篇极好的文章，声情并茂。到现在为止，对李清照，她的词，她的这篇《金石录后序》还没有给予应有的重视，她在文学史上的位置还没有摆准，偏低了。这是不公平的。古人的作品也和今人的作品一样，其遭际有幸有不幸，说不清是什么缘故。白话文部分的特点就更鲜明了。鲁迅当然是要选的，哪一派也得承认鲁迅，但选的不是《阿Q正传》而是《示众》，可谓独具慧眼。选了林徽因的《窗子以外》、丁西林的《一只马蜂》（也许是《压迫》）。林徽因的小说进入大学国文课本，不但当时有人议论纷纷，直到今天，接近二十一世纪了，恐怕仍为一些铁杆"左派"（也可称之为"左霸"，现在不是什么最好的东西都称为"霸"么）所反对，所不容。但我却从这一篇小说知道小说有这种写法，知道什么是"意识流"，扩大了我的文学视野。"大一国文"课的另一个特点是教课文和教作文的是两个人。教课文的是教授、副教授，教作文的是讲师、教员、助教。为什么要这样分开？我至今不知道是什么道理。我的作文课是陶重华先生教的。他当时大概是教员。

陶光，面白皙，风神朗朗。他有一个特别的地方，是同时穿

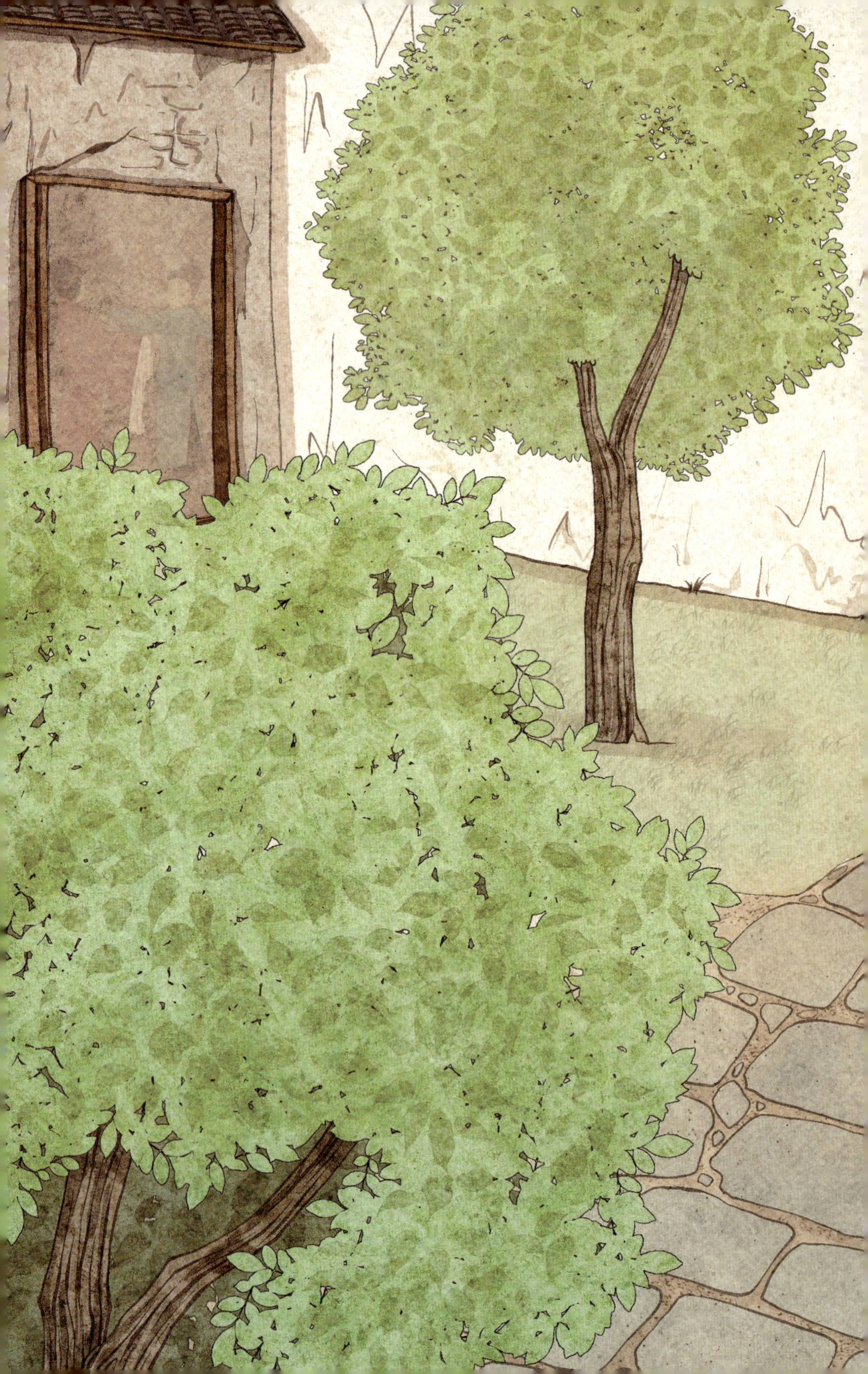

晚翠园

两件长衫。里面是一件咖啡色的夹袍,外面是一件罩衫,银灰色,都是细毛料的。于此可见他的生活一直不很拮据——当时教员、助教大都穿布长衫,有家累的更是衣履敝旧。他走进教室,脱下外衣,搭在椅背上,就把作文分发给学生,摘其佳处,很"投入"(那时还没有这个词)地评讲起来。

陶光的曲子唱得很好。他是唱冠生的,在清华大学时曾受红豆馆主(傅侗)亲授。他嗓子好,宽、圆、亮、足,有力度。他常唱的是《三醉》《迎像哭像》,唱得苍苍莽莽,淋漓尽致。

不知道为什么,我觉得陶光在气质上有点感伤主义。有一个女同学交了一篇作文,写的是下雨天,一个人在弹三弦。有几句,不知道这位女同学的原文是怎样的,经陶先生润改后成了这样:"那湿冷的声音,湿冷了我的心。"这两句未见得怎么好,只是"湿冷了"以形容词做动词用,在当时是颇为新鲜的。我一直不忘这件事。我认为这其实是陶光的感觉,并且由此觉得他有点感伤主义。

说陶光是寂寞的,常有孤独感,当非误识。他的朋友不多,很少像某些教员、助教常到有权势的教授家走动问候,也没有哪个教授特别赏识他,只有一个刘文典(叔雅)和他关系不错。刘叔雅目空一切,谁也看不起。他抽鸦片,又嗜食宣威火腿,被称为"二云居士"——云土、云腿。他教"文选",一个学期只讲了多半篇市玄虚的《海赋》，他倒认为陶光很有才。他的《〈淮南子〉校注》是陶光编辑的，扉页的"淮南子校注"也是陶光题署的。从扉页题署，我才知道陶光的字写得很好。

他是写二王的，临《圣教序》功力甚深。他曾把张充和送他的一本影印的《圣教序》给我看，字帖的缺字处有张充和题的字：

> 以此赠别
>
> 　　充和

陶光对张充和是倾慕的，但张充和似只把陶光看作一般的朋友，并不特别垂青。

陶光不大为人写字，书名不著。我曾看到他为一个女同学写的小条幅，字较寸楷稍大，写在冷金笺上，气韵流转，无一败笔。写的是唐人诗：

> 故园东望路漫漫，
> 双袖龙钟泪不干。
> 马上相逢无纸笔，
> 凭君传语报平安。

这条字反映了陶光的心情。"炮仗响了"后，联大三校准备北返，三校人事也基本定了，清华、北大都没有聘陶光，他只好滞留昆明。后不久，受聘云大，对"洛阳亲友"，只能"凭君传语"了。

我们回北平，听到一点陶光的消息。经刘文典撮合，他和一个唱滇戏的演员结了婚。

后来听说和滇剧女演员离婚了。

又听说他到台湾教了书。郁悒潦倒，竟至客死台北街头。遗诗一卷，嘱人转交张充和。

正晚上拍着曲子，从窗外飞进一只奇怪的昆虫，不像是动物，像植物，体细长，约有三寸，完全像一截青翠的竹枝。大家觉得很稀罕，吴征镒捏在手里看了看，说这是竹节虫。吴征镒是读生物系的，故能认识这只怪虫，但他并不研究昆虫，竹节虫在他只是常识而已，他钻研的是植物学，特别是植物分类学。他记性极好，"文化大革命"被关在牛棚里，一个看守他的学生给了他一个小笔记本，一支铅笔，他竟能在一个小笔记本上完成一部著作，天头地脚满满地写了蠓虫大的字，有些资料不在手边，他凭记忆引用。出牛棚后，找出资料核对，基本准确；他是学自然科学的，但对文学很有兴趣，写了好些何其芳体的诗，厚厚的一册。他很早就会唱昆曲——吴家是扬州文史世家。唱老生。他身体好，中气足，能把《弹词》的"九转货郎儿"一气唱到底，这在专业的演员都办不到——戏曲演员有个说法："男怕弹词。"他常唱的还有《疯僧扫秦》。

每次做"同期"（唱昆曲爱好者约期集会唱曲，叫作"同期"）必到的是崔芝兰先生。她是联大为数不多的女教授之一，多年来研究蝌蚪的尾巴，运动中因此被斗，资料标本均被毁尽。崔先生几乎每次都唱《西楼记》。女教授，举止自然很端重，但是唱起曲子来却很"嗲"。崔先生的丈夫张先生也是教授，每次都陪崔先生一起来。张先生不唱，只是端坐着听，听得很入神。

除了联大、云大师生，还有一些外来的客人来参加同期。

有一个女士大概是某个学院的教授的或某个高级职员的夫人。她身材匀称，小小巧巧，穿浅色旗袍，眼睛很大，眉毛的弧线异常清楚，神气有点天真，不作态，整个脸明明朗朗。我给她起了个外号："简单明了。"朱德熙说："很准确。"她一定还要操持家务，照料孩子，但只要接到同期通知，就一定放下这些，欣然而来。

有一位先生，大概是襄理一级的职员，我们叫他"聋山门"。他是唱大花面的，而且总是唱《山门》，他是个聋子——并不是板聋，只是耳音不准，总是跑调。真也亏给他摩笛的张宗和先生，能随着他高低上下来回跑。聋子不知道他跑调，还是气势磅礴地高唱：

"树市杈丫,峰峦如画,堪潇洒,喂呀,闷煞洒家,烦恼天来大!"

给大家吹笛子的是张宗和,几乎所有人唱的时候笛子都由他包了。他笛风圆满,唱起来很舒服。夫人孙凤竹也善唱曲,常唱的是《折柳·阳关》,唱得很婉转。"教他关河到处休离剑,驿路逢人数寄书",闻之使人欲涕。她身弱多病,不常唱。张宗和温文尔雅,孙凤竹风致楚楚,有时在晚翠园(他们就住在晚翠园一角)并肩散步,让人想起"拣名门一例一例里神仙眷"(《惊梦》)。他们有一个女儿,美得像一块玉。张宗和后调往贵州大学,教"中国通史"。孙凤竹死于病。不久,听说宗和也在贵阳病殁。他们岁数都不大,宗和只三十左右。

有一个人,没有跟我们一起拍过曲子,也没有参加过同期,但是她的唱法却在曲社中产生很大的影响,张充和。她那时好像不在昆明。

张家姊妹都会唱曲。大姐因为爱唱曲,嫁给了昆曲传习所的顾传玠。张家是合肥望族,大小姐却和一个昆曲演员结了婚,门不当,户不对,张家在儿女婚姻问题上可真算是自由解放,突破了常规。二姐是个无事忙,她不大唱,只是对张罗办曲会之类的事非常热心。三姐兆和即我的师母,沈从文先生的夫人。她不太爱唱，但我却听过她唱《扫花》，是由我给她吹的笛子。四妹充和小时没有进过学校，只是在家里延师教诗词，拍曲子。她考北大，数学是零分，国文是一百分，北大还是录取了她。她在北大很活跃，爱戴一顶红帽子，北大学生都叫她"小红帽"。

她能戏很多，唱得非常讲究，运字行腔，精微细致，真是"水磨腔"。我们唱的《思凡》《学堂》《瑶台》，都是用的她的唱法（她灌过几张唱片）。她唱的《受吐》，娇慵醉媚，弱不胜情，难可比拟。

张充和兼擅书法，结体用笔似晋朝人。

许宝马录先生是数论专家。但是曲子唱得很好。许家是昆曲大家，会唱曲子的人很多。俞平伯先生的夫人许宝驯就是许先生的姐姐。许先生听过我唱的一支曲子，跟我们的系主任罗常培（莘田）说，他想教我一出《刺虎》。罗先生告诉了我，我自然是愿意的，但稍感意外。我不知道许先生会唱曲子，更没想到他为什么主动提出要教我一出戏。我按时候去了，没有说多少话，就拍起曲子来：

"银台上煌煌的凤烛燉，金猊内袅袅的祥烟喷……"

许先生的曲子唱得很大方，《刺虎》完全是正旦唱法。他的"撒"特别好，摇曳生姿而又清清楚楚。

许茹香是每次同期必到的。他在昆明航空公司供职，是经理查阜西的秘书。查先生有时也来参加同期，他不唱曲子，是来试吹他所创制的十二平均律的无缝钢管的笛子的（查先生是"国民政府"的官员，但是雅善音乐，除了研究曲律，还搜集琴谱，解放后曾任中国音协副主席）。许茹香，同期的日子他是不会记错的，因为同期的帖子是他用欧底赵面的馆阁体小楷亲笔书写的。许茹香是个戏篓子，什么戏都会唱，包括《花判》（《牡丹亭》）这样的专业演员都不会的戏。他上了岁数，吹笛子气不够，就带了一支"老人笛"，吹着玩玩。

这是一个非常有趣的老人。他做过很多事，走过很多地方，会说好几种地方的话。有一次说了一个小笑话。有四个人，苏州人、绍兴人、宁波人、扬州人，一同到一个庙里，看到四大金刚，苏州人、绍兴人、宁波人各人说了几句话，都有地方特点。轮到扬州人，扬州人赋诗一首：

四大金刚不出奇，
里头是草外头是泥。
你不要夸你个子大，
你敢跟我洗澡去！

扬州人好洗澡。早上皮包水，晚上水包皮。"去"读"ki"，正是扬州口音。

同期只供茶水。偶在拍曲后亦作小聚。大馆子吃不起，只能吃花不了多少钱的小馆。是"打平伙"——北京人谓之"吃公燉"，各人自己出钱。翠湖西路有一家北京人开的小馆，卖馅儿饼、大米粥，我们去吃了几次。吃完了结账，掌柜的还在低头扒算盘，许宝骙先生已经把钱敛齐了交到柜上。掌柜的诧异：怎么算得那么快？他不知道算账的是一位数论专家，这点小九九还在话下吗？

参加同期、曲会的，多半生活清贫，然而在百物飞腾、人心浮躁之际，他们还能平平静静地做学问，并能在高吟浅唱、曲声笛韵中自得其乐，对复兴民族大业不失信心，不颓唐，不沮丧，他们是浊世中的清流，旋涡中的砥柱。他们中不少人对文化、科学做出了很大的成绩。安贫乐道，恬淡冲和，是中国的知识分子优良的传统。这个传统应该得到继承，得到扶植发扬。

审如此，则曲社同期无可非议。晚翠园是可怀念的。

一九九六年春节

炸弹和冰糖莲子

我和郑智绵曾同住一个宿舍。我们的宿舍非常简陋,草顶、土墼墙;墙上开出一个一个方洞,安几根带皮的直立的木棍,便是窗户。睡的是双层木床,靠墙两边各放十张,一间宿舍可住四十人。我和郑智绵是邻居。我住三号床的下铺,他住五号床的

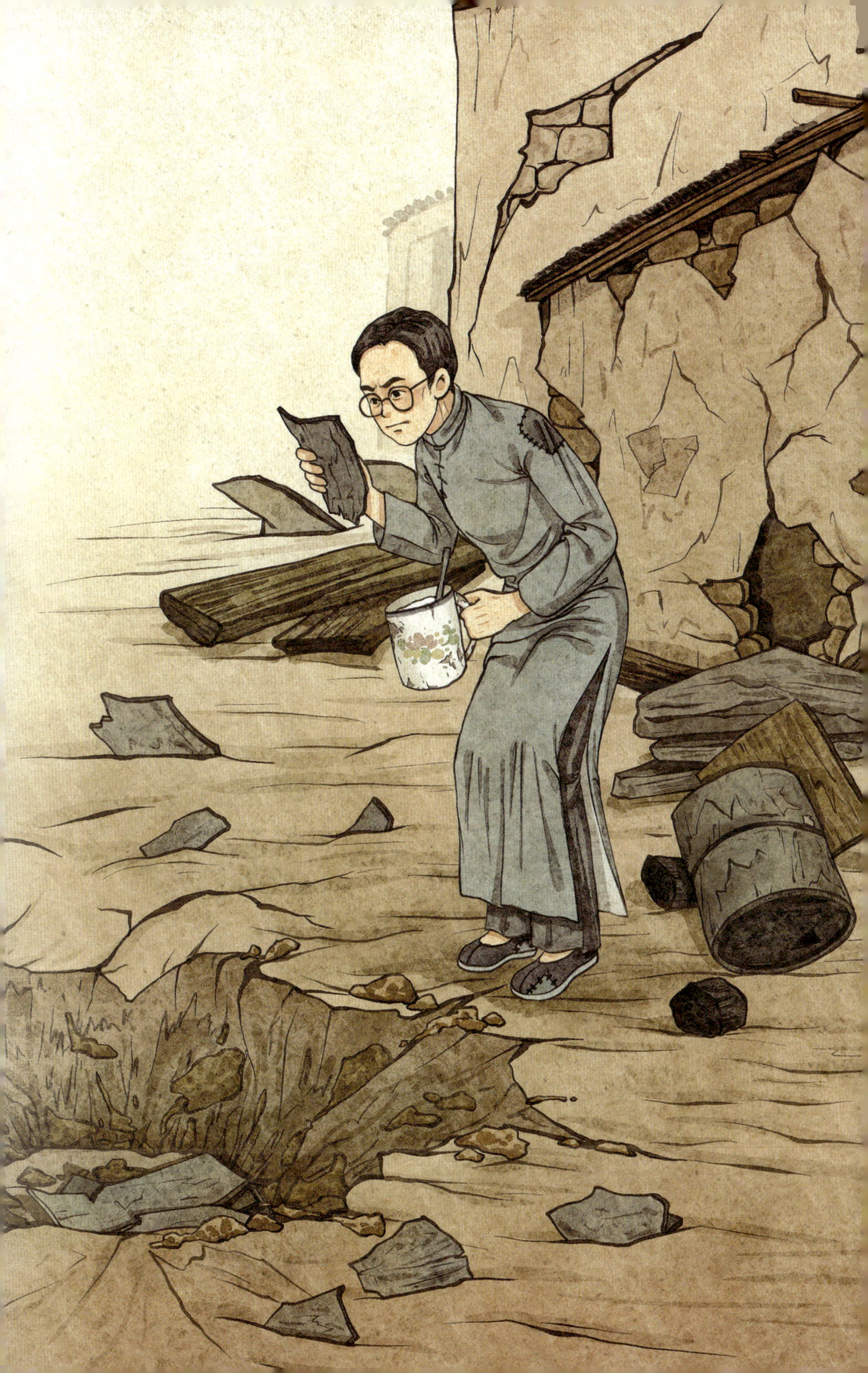

上铺。他是广东人,他说的话我"识听唔识讲",我们很少交谈。他的脾气有些怪:一是痛恨京剧,二是不跑警报。

我那时爱唱京剧,而且唱的是青衣(我年轻时嗓子很好)。有爱唱京剧的同学带了胡琴到我的宿舍来,定了弦,拉了过门,我一张嘴,他就骂人:

"丢那妈!猫叫!"

那两年日本飞机三天两头来轰炸,一有警报,联大同学大都跑警报,从新校舍北门出去,到野地里待着,各干各的事,晒太阳、整理笔记、谈恋爱……直到"解除警报"拉响,才拍拍身上的草末,悠悠闲闲地往回走。跑警报有时时间相当长,得一两个小时。郑智绵绝对不跑警报。他干什么呢?他留下来煮冰糖莲子。

广东人爱吃甜食,郑智绵是其尤甚者。金碧路有一家广东人开的甜食店,卖绿豆沙、芝麻糊、番薯糖水……番薯糖水有什么吃头?然而郑智绵说"好嘢!"不过他最爱吃的是冰糖莲子。

西南联大新校舍大图书馆西边有一座烧开水的炉子。一有警报,没有人来打开水,炉子的火口就闲了下来,郑智绵就用一个很大的白搪瓷漱口缸来煮莲子。

莲子不易烂,不过到"解除警报"响了,他的莲子也就煨得差不多了。

一天，日本飞机在新校舍扔了一枚炸弹，离开水炉不远，就在郑智绵身边。炸弹不大，不过炸弹带了尖锐哨音往下落，在土地上炸了一个坑，还是挺吓人的。然而郑智绵照样用汤匙搅他的冰糖莲子，神色不动。到他吃完了莲子，洗了漱口缸，才到弹坑旁边看了看，捡起一个弹片（弹片还烫手），骂了一声：

"丢那妈！"

一九九七年三月十八日

闻一多先生上课

闻先生性格强烈坚毅。日寇南侵,清华、北大、南开合成临时大学,在长沙少驻,后改为西南联合大学,将往云南。一部分师生组成步行团,闻先生参加步行,万里长征,他把胡子留了起来,声言:抗战不胜,誓不剃须。他的胡子只有下巴上有,是所谓"山羊胡子",而上髭浓黑,近似一字。他的嘴唇稍薄微扁,目光灼灼。有一张闻先生的木刻像,回头侧身,口衔烟斗,用炽热而又严冷的目光审视着现实,很能表达闻先生的内心世界。

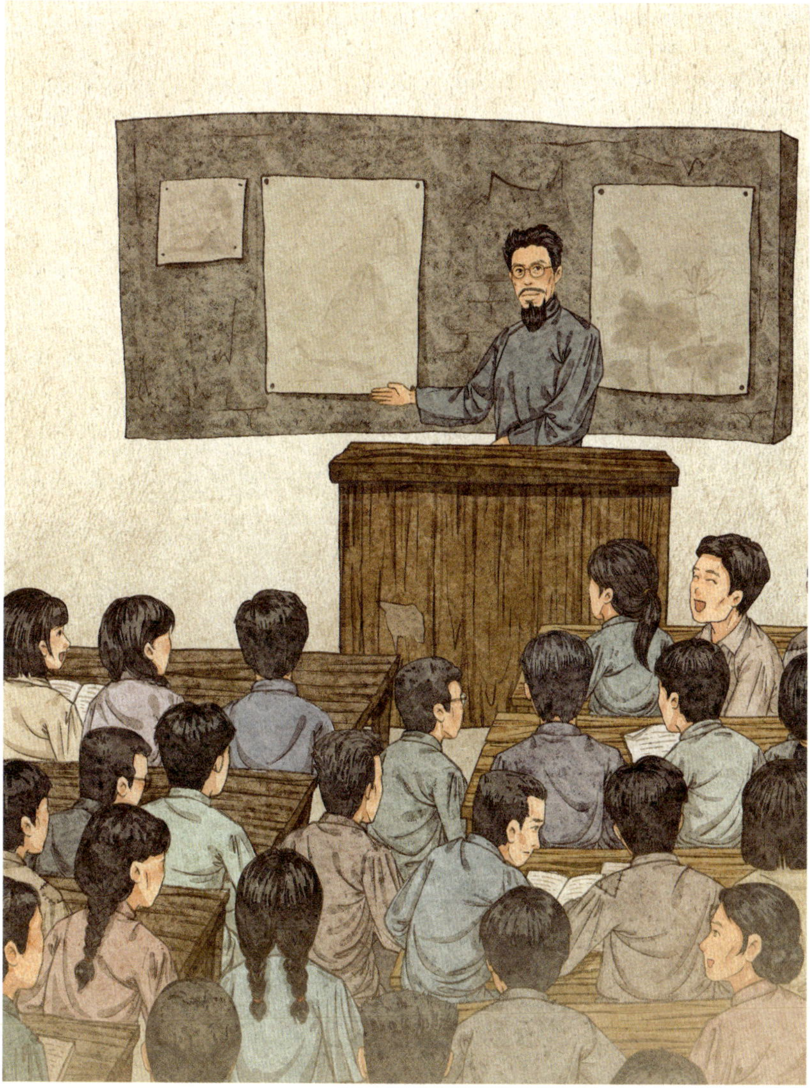

联大到云南后，先在蒙自待了一年。闻先生还在专心治学，把自己整天关在图书馆里。图书馆在楼上。那时不少教授爱起斋名，如朱自清先生的斋名叫"贤于博弈斋"，魏建功先生的书斋叫"学无不暇"，有一位教授戏赠闻先生一个斋主的名称"何妨一下楼主人"。因为闻先生总不下楼。

西南联大校舍安排停当，学校即迁至昆明。

我在读西南联大时，闻先生先后开过三门课：楚辞、唐诗、古代神话。

楚辞班人不多。闻先生点燃烟斗，我们能抽烟的也点着了烟（闻先生的课可以抽烟的），闻先生打开笔记，开讲："痛饮酒，熟读《离骚》，乃可以为名士。"闻先生的笔记本很大，长一尺有半，宽近一尺，是写在特制的毛边纸稿纸上的。字是正楷，字体略长，一笔不苟。他写字有一特点，是爱用秃笔。别人用过的废笔，他都收集起来，秃笔写篆楷蝇头小字，真是一个功夫。我跟闻先生读一年《楚辞》，真读懂的只有两句："袅袅兮秋风，洞庭波兮木叶下。"也许还可加上几句："成礼兮会鼓，传葩兮代舞，春兰兮秋菊，长毋绝兮终古。"

闻先生教古代神话，非常"叫座"。不单是中文系的、文学院的学生来听讲，连理学院、工学院的同学也来听。工学院在拓东路，文学院在大西门，听一堂课得穿过整整一座昆明城。闻先生讲课"图文并茂"。他用整张的毛边纸墨画出伏羲、女娲的各种画像，用摁钉钉在黑板上，口讲指画，有声有色，条理严密，文采斐然，高低抑扬，引人入胜。闻先生是一个好演员。伏羲女娲，本来是相当枯燥的课题，但听闻先生讲课让人感到一种美，思想的美，逻辑的美，才华的美。听这样的课，穿一座城，也值得。能够像闻先生那样讲唐诗的，并世无第二人。他也讲初唐四杰、大历十才子、《河岳英灵集》，但是讲得最多，也讲得最好的，是晚唐。他把晚唐诗和后期印象派的画联系起来。讲李贺，同时讲到印象派里的Pointillism（点画派），说点画看起来只是不同颜色的点，这些点似乎不相连属，但凝视之，则可感觉到点与点之间的内在联系。这样讲唐诗，必须本人既是诗人，也是画家，有谁能办到？闻先生讲唐诗的妙悟，应该记录下来。我是个大大咧咧的人，上课从不记笔记。听说比我高一班的同学郑临川记录了，而且整理成一本《闻一多论唐诗》出版了，这是大好事。

我颇具歪才，善能胡诌，闻先生很欣赏我。我曾替个比我低一班的同学代笔写了一篇关于李贺的读书报告——西南联大一般课程都不考试，只于学期终了时交一篇读书报告即可给学分。闻先生看了这篇读书报告后，对那位同学说："你的报告写得很好，比汪曾祺写得还好!"其实我写李贺,只写了一点:别人的诗都是画在白底子上的画,李贺的诗是画在黑底子上的画,故颜色特别浓烈。这也是西南联大许多教授对学生鉴别的标准:不怕新,不怕怪,而不尚平庸,不喜欢人云亦云,只抄书,无创见。

一九九七年三月十二日

金岳霖先生

西南联大有许多很有趣的教授,金岳霖先生是其中的一位。金先生是我的老师沈从文先生的好朋友。沈先生当面和背后都称他为"老金"。大概时常来往的熟朋友都这样称呼他。关于金先生的事,有一些是沈先生告诉我的。我在《沈从文先生在西南联大》

一文中提到过金先生。有些事情在那篇文章里没有写进去,觉得还应该写一写。

金先生的样子有点怪。他常年戴着一顶呢帽,进教室也不脱下。每一学年开始,给新的一班学生上课,他的第一句话总是:"我的眼睛有毛病,不能摘帽子,并不是对你们不尊重,请原谅。"他的眼睛有什么病,我不知道,只知道怕阳光。因此他的呢帽的前檐压得比较低,脑袋总是微微地仰着。他后来配了一副眼镜,这副眼镜一只的镜片是白的,一只是黑的。这就更怪了。后来在美国讲学期间把眼睛治好了——好一些,眼镜也换了,但那微微仰着脑袋的姿态一直还没有改变。他身材相当高大,经常穿一件烟草黄色的麂皮夹克,天冷了就在里面围一条很长的驼色的羊绒围巾。联大的教授穿衣服是各色各样的。闻一多先生有一阵穿一件式样过时的灰色旧夹袍,是一个亲戚送给他的,领子很高,袖口极窄。联大有一次在龙云的长子、蒋介石的干儿子龙绳武家里开校友会——龙云的长媳是清华校友,闻先生在会上大骂:"蒋介石,王八蛋!混蛋!"那天穿的就是这件高领窄袖的旧夹袍。朱自清先生有一阵披着一件云南赶马人穿的蓝色毡子的一口钟。除了体育教员,教授里穿夹克的,好像只有金先生一个人。他的眼神即使是到美国治了后也还是不大好,走起路来有点深一脚浅

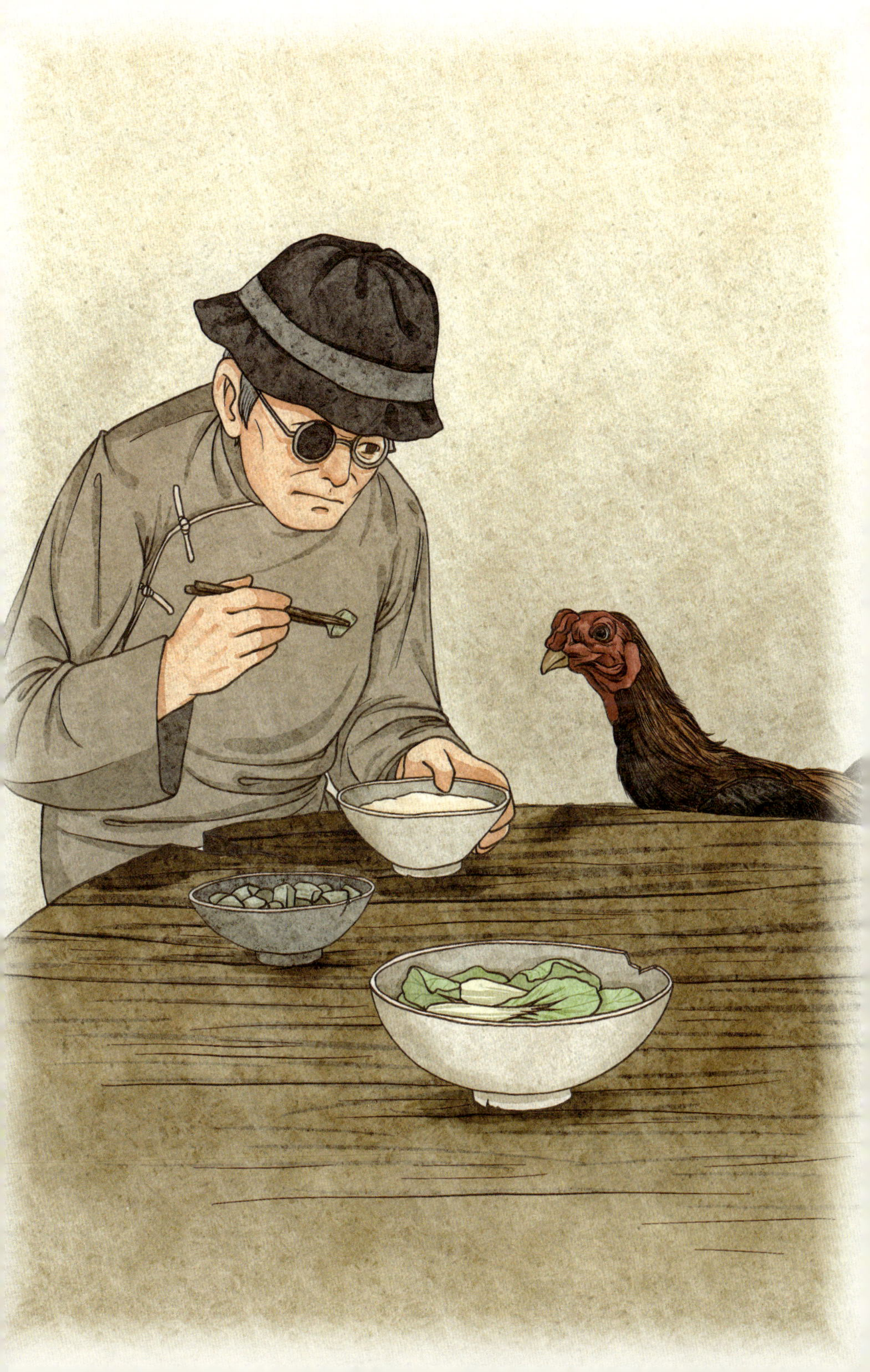

一脚。他就这样穿着黄夹克,微仰着脑袋,深一脚浅一脚地在联大新校舍的一条土路上走着。

金先生教逻辑。逻辑是西南联大规定文学院一年级学生的必修课,班上学生很多,上课在大教室,坐得满满的。在中学里没有听说有逻辑这门学问,大一的学生对这课很有兴趣。金先生上课有时要提问,那么多的学生,他不能都叫得上名字来——联大是没有点名册的,他有时一上课就宣布:"今天,穿红毛衣的女同学回答问题。"于是所有穿红毛衣的女同学就都有点紧张,又有点兴奋。那时联大女生在蓝阴丹士林旗袍外面套一件红毛衣成了一种风气——穿蓝毛衣、黄毛衣的极少。问题回答得流利清楚,也是件出风头的事。金先生很注意地听着,完了,说:"Yes!请坐!"

学生也可以提出问题,请金先生解答。学生提的问题深浅不一,金先生有问必答,很耐心。有一个华侨同学叫林国达,操广东普通话,最爱提问题,问题大都奇奇怪怪。他大概觉得逻辑这门学问是挺"玄"的,应该提点怪问题。有一次他又站起来提了一个怪问题,金先生想了一想,说:"林国达同学,我问你一个问题:'Mr. 林国达 is perpendicular to the black-board(林国达君垂直于黑板)',这什么意思?"林国达傻了。林国达当然无法垂直于黑板,但这句话在逻辑上没有错误。

林国达游泳淹死了。金先生上课,说:"林国达死了,很不幸。"这一堂课,金先生一直没有笑容。

有一个同学,大概是陈蕴珍,即萧珊,曾问过金先生:"您为什么要搞逻辑?"逻辑课的前一半讲三段论,大前提入小前提、结论、周延、不周延、归纳、演绎……还比较有意思。后半部全是符号,简直像高等数学。她的意思是:这种学问多么枯燥!金先生的回答是:"我觉得它很好玩。"

除了文学院大一学生必修课逻辑,金先生还开了一门"符号逻辑",是选修课。这门学问对我来说简直是天书。选这门课的人很少,教室里只有几个人。学生里最突出的是王浩。金先生讲着讲着,有时会停下来,问:"王浩,你以为如何?"这堂课就成了他们师生二人的对话。王浩现在在美国。前些年写了一篇关于金先生的较长的文章,大概是论金先生之学的,我没有见到。

王浩和我是相当熟的。他有个要好的朋友王景鹤,和我同在昆明黄土坡一个中学教书,王浩常来玩。来了,常打篮球。大都是吃了午饭就打。王浩管吃了饭就打球叫"练盲肠"。王浩的相貌颇"土",脑袋很大,剪了一个光头——联大同学剪光头的很少,说话带山东口音。他现在成了洋人——美籍华人,国际知名的学者,我实在想象不出他现在是什么样子。前年他回国讲学,托一个同学要我给他画一张画。我给他画了几个青头菌、牛肝菌，一根大葱，两头蒜，还有一块很大的宣威火腿——火腿是很少入画的。我在画上题了几句话，有一句是"以慰王浩异国乡情"。王浩的学问，原来是师承金先生的。一个人一生哪怕只教出一个好学生，也值得了。当然，金先生的好学生不止一个人。

金先生是研究哲学的，但是他看了很多小说。从普鲁斯特到福尔摩斯，都看。听说他很爱看平江不肖生的《江湖奇侠传》。有几个联大同学住在金鸡巷，陈蕴珍、王树藏、刘北汜、施载宣（萧荻）。楼上有一间小客厅。沈先生有时拉一个熟人去给少数爱好文学、写写东西的同学讲一点什么。金先生有一次也被拉了去。他讲的题目是"小说和哲学"。题目是沈先生给他出的。大家以为金先生一定会讲出一番道理。不料金先生讲了半天，结论却是：小说和哲学没有关系。有人问："那么《红楼梦》呢？"金先生说："《红楼梦》里的哲学不是哲学。"他讲着讲着，忽然停下来："对不起，我这里有个小动物。"他把右手伸进后脖颈，捉出了一只跳蚤，捏在手指里看看，甚为得意。

金先生是个单身汉（联大教授里不少光棍，杨振声先生曾写过一篇游戏文章《释鳏》，在教授间传阅），无儿无女，但是过得自得其乐。他养了一只很大的斗鸡（云南出斗鸡）。这只斗鸡能把脖子伸上来，和金先生一个桌子吃饭。他到处搜罗大梨、大石榴，拿去和别的教授的孩子比赛。比输了，就把梨或石榴送给其他的小朋友，他再去买。金先生朋友很多，除了哲学系的教授外，时常来往的，据我所知，有梁思成、林徽因夫妇，沈从文，张奚若……君子之交淡如水，坐定之后，清茶一杯，闲话片刻而已。金先生对林徽因的谈吐才华，十分欣赏。现在的年轻人多不知道林徽因。她是学建筑的，但是对文学的趣味极高，精于鉴赏，所写的诗和小说如《窗子以外》《九十九度中》风格清新，一时无二。林徽因死后，有一年，金先生在北京饭店请了一次客，老朋友收到通知，都纳闷：老金为什么请客？到了之后，金先生才宣布："今天是徽因的生日。"

金先生晚年深居简出。毛主席曾经对他说："你要接触社会。"金先生已经八十岁了，怎么接触社会呢？就和一个蹬平板三轮车的约好，每天蹬着他到王府井一带转一大圈。我想象金先生坐在平板三轮上东张西望，那情景一定非常有趣。王府井人挤人，熙熙攘攘，谁也不会知道这位东张西望的老人是一位一肚子学问，为人天真、热爱生活的大哲学家。

金先生治学精深，而著作不多。除了一本大学丛书的《逻辑》，我所知道的，还有一本《论道》。其余还有什么，我不清楚，须问王浩。

我对金先生所知甚少。希望熟知金先生的人把金先生好好写一写。

联大的许多教授都应该有人好好地写一写。

一九八七年二月二十三日

沈从文先生在西南联大

沈先生在联大开过三门课：各体文习作、创作实习和中国小说史。三门课我都选了——各体文习作是中文系二年级必修课，其余两门是选修。西南联大的课程分必修与选修两种。中文系的语言学概论、文字学概论、文学史（分段）……是必修课，其余大都是任凭学生自选。诗经、楚辞、庄子、昭明文选、唐诗、宋诗、词选、散曲、杂剧与传奇……选什么，选哪位教授的课都成。但要凑够一定的学分（这叫"学分制"）。一学期我只选两门课，那不行。自由，也不能自由到这种地步。

创作能不能教？这是一个世界性的争论问题。很多人认为创作不能教。我们当时的系主任罗常培先生就说过：大学是不培养作家的，作家是社会培养的。这话有道理。沈先生自己就没有上过什么大学。他教的学生后来成为作家的，也极少。但是也不是绝对不能教。沈先生的学生现在能算是作家的，也还有那么几个。问题是由什么样的人来教，用什么方法教。现在的大学里很少开创作课的，原因是找不到合适的人来教。偶尔有大学开这门课的，收效甚微，原因是教得不甚得法。

教创作靠"讲"不成。如果在课堂上讲鲁迅先生所讥笑的"小说作法"之类，讲如何作人物肖像，如何描写环境，如何结构，结构有几种——攒珠式的、橘瓣式的……那是要误人子弟的，教创作主要是让学生自己"写"。沈先生把他的课叫作"习作""实习"，很能说明问题。如果要讲，那"讲"要在"写"之后。就学生的作业，讲他的得失。教授先讲一套，让学生照猫画虎，那是行不通的。

沈先生是不赞成命题作文的，学生想写什么就写什么。但有时在课堂上也出两个题目。沈先生出的题目都非常具体。我记得他曾给我的上一班同学出过一个题目："我们的小庭院有什么。"有几个同学就这个题目写了相当不错的散文，都发表了。他给比我低一班的同学曾出过一个题目："记一间屋子里的空气！"我的那一班出过些什么题目，我倒不记得了。沈先生为什么出这样的题目？他认为：先得学会车零件，然后才能学组装。我觉得先做一些这样的片段的习作，是有好处的，这可以锻炼基本功。现在有些青年文学爱好者，往往一上来就写大作品，篇幅很长，而功力不够，原因就在零件车得少了。

沈先生的讲课，可以说是毫无系统。前已说过，他大都是看了学生的作业，就这些作业讲一些问题。他是经过一番思考的，但并不去翻阅很多参考书。沈先生读很多书，但从不引经据典，他总是凭自己的直觉说话，从来不说亚里士多德怎么说，福楼拜怎么说，托尔斯泰怎么说，高尔基怎么说。他的湘西口音很重，声音又低，有些学生听了一堂课，往往觉得不知道听了一些什么。沈先生的讲课是非常谦抑，非常自制的。他不用手势，没有任何舞台道白式的腔调，没有一点哗众取宠的江湖气。他讲得很诚恳，甚至很天真。但是你要是真正听"懂"了他的话——听"懂"了他的话里并未发挥罄尽的余意，你是会受益匪浅，而且会终生受用的。听沈先生的课，要像孔子的学生听孔子讲话一样："举一隅而三隅反。"

沈先生讲课时所说的话我几乎全都忘了（我这人从来不记笔记）！我们有一个同学把闻一多先生讲唐诗课的笔记记得极详细，现已整理出版，书名就叫《闻一多论唐诗》，很有学术价值，就是不知道他把闻先生讲唐诗时的"神气"记下来了没有。我如果把沈先生讲课时的精辟见解记下来，也可以成为一本《沈从文论创作》。可惜我不是这样的有心人。

沈先生关于我的习作讲过的话我只记得一点了，是关于人物对话的。我写了一篇小说（内容早已忘记干净），有许多对话。我竭力把对话写得美一点，有诗意，有哲理。沈先生说："你这不是对话，是两个聪明脑壳打架！"从此我知道对话就是人物所说的普普通通的话，要尽量写得朴素。不要哲理，不要诗意。这样才真实。

沈先生经常说的一句话是："要贴到人物来写。"很多同学不懂他的这句话是什么意思。我以为这是小说学的精髓。据我的理解，沈先生这句极其简略的话包含这样几层意思：小说里，人物是主要的，主导的；其余部分都是派生的，次要的。环境描写，作者的主观抒情、议论，都只能附着于人物，不能和人物游离，作者要和人物同呼吸、共哀乐。作者的心要随时紧贴着人物。什么时候作者的心"贴"不住人物，笔下就会浮、泛、飘、滑，花里胡哨，故弄玄虚，失去了诚意。而且，作者的叙述语言要和人物相协调。写农民，叙述语言要接近农民；写市民，叙述语言要近似市民。小说要避免"学生腔"。

我以为沈先生这些话是浸透了淳朴的现实主义精神的。

沈先生教写作，写的比说的多，他常常在学生的作业后面写很长的读后感，有时会比原作还长。这些读后感有时评析本文得失，也有时从这篇习作说开去，谈及有关创作的问题，见解精到，文笔讲究——一个作家应该不论写什么都写得讲究。这些读后感也都没有保存下来，否则是会比《废邮存底》还有看头的。可惜！

沈先生教创作还有一种方法，我以为是行之有效的，学生写了一个作品，他除了写很长的读后感之外，还会介绍你看一些与你这个作品写法相近似的中外名家的作品。记得我写过一篇不成熟的小说《灯下》，记一个店铺里上灯以后各色人的活动，无主要人物、主要情节，散散漫漫。沈先生就介绍我看了几篇这样的作品，包括他自己写的《腐烂》。学生看看别人是怎样写的，自己是怎样写的，对比借鉴，是会有长进的。这些书都是沈先生找来，带给学生的。因此他每次上课,走进教室里时总要夹着一大摞书。

沈先生就是这样教创作的。我不知道还有没有别的更好的方法教创作。我希望现在的大学里教创作的老师能用沈先生的方法试一试。

学生习作写得较好的,沈先生就做主寄到相熟的报刊上发表。这对学生是很大的鼓励。多年以来,沈先生就干着给别人的作品找地方发表这种事。经他的手介绍出去的稿子,可以说是不计其数了。我在1946年前写的作品,几乎全都是沈先生寄出去的。他这辈子为别人寄稿子用去的邮费也是一个相当可观的数目了。为了防止超重太多,节省邮费,他大都把原稿的纸边裁去,只剩下纸芯。这当然不大好看。但是抗战时期,百物昂贵,不能不打这点小算盘。

沈先生教书,但愿学生省点事,不怕自己麻烦。他讲"中国小说史",有些资料不易找到,他就自己抄,用夺金标毛笔,筷子头大的小行书抄在云南竹纸上。这种竹纸高一尺,长四尺,并不裁断,抄得了,卷成一卷。上课时分发给学生。他上创作课夹了一摞书,上小说史时就夹了好些纸卷。沈先生做事,都是这样,一切自己动手,细心耐烦。他自己说他这种方式是"手工业方式"。他写了那么多作品,后来又写了很多大部头关于文物的著作,都是用这种手工业方式搞出来的。

沈先生对学生的影响,课外比课堂上要大得多。他后来为了躲避日本飞机空袭,全家移住到呈贡桃园新村,每星期上课,进城住两天。文林街二十号联大教职员宿舍有他一间屋子。他一进城,宿舍里几乎从早到晚都有客人。客人多半是同事和学生,客人来,大都是来借书、求字,看沈先生收到的宝贝,谈天。

沈先生有很多书,但他不是"藏书家",他的书,除了自己看,也是借给人看的,联大文学院的同学,多数手里都有一两本沈先生的书,扉页上用淡墨签了"上官碧"的名字。谁借了什么书,什么时候借的,沈先生是从来不记得的。直到联大"复员",有些同学的行装里还带着沈先生的书,这些书也就随之而漂流到四面八方了。沈先生书多,而且很杂,除了一般的四部书、中国现代文学、外国文学的译本、社会学、人类学、黑格尔的《小逻辑》、弗洛伊德、亨利·詹姆斯、道教史、陶瓷史、《髹饰录》、《糖霜谱》……兼收并蓄,五花八门。这些书,沈先生大都认真读过。沈先生称自己的学问为"杂知识"。一个作家读书,是应该杂一点的。沈先生读过的书,往往在书后写两行题记。有的是记一个日期,那天天气如何,也有时发一点感慨。有一本书的后面写道:"某月某日,见一大胖女人从桥上过,心中十分难过。"这两句话我一直记得，可是一直不知道是什么意思。大胖女人为什么使沈先生十分难过呢？

沈先生对打扑克简直是痛恨。他认为这样消耗时间，是不可原谅的。他曾随几位作家到井冈山住了几天。这几位作家成天在宾馆里打扑克，沈先生说起来就很气愤："在这种地方打扑克！"沈先生小小年纪就学会掷骰子，各种赌术他也都明白，但他后来不玩这些。沈先生的娱乐，除了看看电影，就是写字。他写章草，笔稍偃侧，起笔不用隶法，收笔稍尖，自成一格。他喜欢写窄长的直幅，纸长四尺，阔只三寸。他写字不择纸笔，常用糊窗的高丽纸。他说："我的字值三分钱！"从前要求他写字的，他几乎有求必应。近年有病，不能握管，沈先生的字变得很珍贵了。

沈先生后来不写小说，搞文物研究了，国外、国内，很多人都觉得很奇怪。熟悉沈先生历史的人，觉得并不奇怪。沈先生年轻时就对文物有极其浓厚的兴趣。他对陶瓷的研究甚深，后来又对丝绸、刺绣、木雕、漆器……都有广博的知识。沈先生研究的文物基本上是手工艺制品。他从这些工艺品看到的是劳动者的创造性。他为这些优美的造型、不可思议的色彩、神奇精巧的技艺发出的惊叹，是对人的惊叹。他热爱的不是物，而是人，他对一件工艺品的孩子气的天真激情，使人感动。我曾戏称他搞的文物研究是"抒情考古学"。他八十岁生日，我曾写过一首诗送给他，中有一联："玩物从来非丧志，著书老去为抒情"，是纪实。他有一阵在昆明收集了很多耿马漆盒。这种黑红两色刮花的圆形缅漆盒，昆明多的是，而且很便宜。沈先生一进城就到处逛地摊，选买这种漆盒。他屋里装甜食点心、装文具邮票……的，都是这种盒子。有一次买得一个直径一尺五寸的大漆盒，一再抚摩，说："这可以做一期《红黑》杂志的封面！"他买到的缅漆盒，除了自用，大多数都送人了。有一回，他不知从哪里弄到很多土家族的挑花布，摆得一屋子，这间宿舍成了一个展览室。来看的人很多，沈先生于是很快乐。这些挑花图案天真稚气而秀雅生动，确实很美。

　　沈先生不长于讲课，而善于谈天。谈天的范围很广，时局、物价……谈得较多的是风景和人物。他几次谈及玉龙雪山的杜鹃花有多大，某处高山绝顶上有一户人家——就是这样一户！他谈某一位老先生养了二十只猫。谈一位研究东方哲学的先生跑警报时带了一只小皮箱，皮箱里没有金银财宝，装的是一个聪明女人写给他的信。谈徐志摩上课时带了一个很大的烟台苹果，一边吃，一边讲，还说："中国东西并不都比外国的差，烟台苹果就很好！"谈梁思成在一座塔上测绘内部结构，差一点从塔上掉下去。谈林徽因发着高烧，还躺在客厅里和客人谈文艺。他谈得最多的大概是金岳霖。金先生终生未娶，长期独身。他养了一只大斗鸡。这鸡能把脖子伸到桌上来，和金先生一起吃饭。他到处搜罗大石榴、大梨。买到大的，就拿去和同事的孩子的比，比输了，就把大梨、大石榴送给小朋友，他再去买！……沈先生谈及的这些人有共同特点。一是都对工作、对学问热爱到了痴迷的程度；二是为人天真到像一个孩子，对生活充满兴趣，不管在什么环境下永远不消沉沮丧，无机心，少俗虑。这些人的气质也正是沈先生的气质。"闻多素心人，乐与数晨夕"，沈先生谈及熟朋友时总是很有感情的。

文林街文林堂旁边有一条小巷，大概叫作金鸡巷，巷里的小院中有一座小楼。楼上住着联大的同学：王树藏、陈蕴珍、施载宣、刘北汜。当中有个小客厅。这小客厅常有熟悉的同学来喝茶聊天，成了一个小小的沙龙。沈先生常来坐坐。有时还把他的朋友也拉来和大家谈谈。老舍先生从重庆过昆明时，沈先生曾拉他来谈过"小说和戏剧"。金岳霖先生也来过，谈的题目是"小说和哲学"。金先生是搞哲学的，主要是搞逻辑的，但是读很多小说，从普鲁斯特到《江湖奇侠传》。"小说和哲学"这题目是沈先生给他出的。不料金先生讲了半天，结论却是：小说和哲学没有关系。他说《红楼梦》里的哲学也不是哲学。他谈到兴浓处，忽然停下来，说："对不起，我这里有个小动物！"说着把右手从后脖领伸进去，捉出

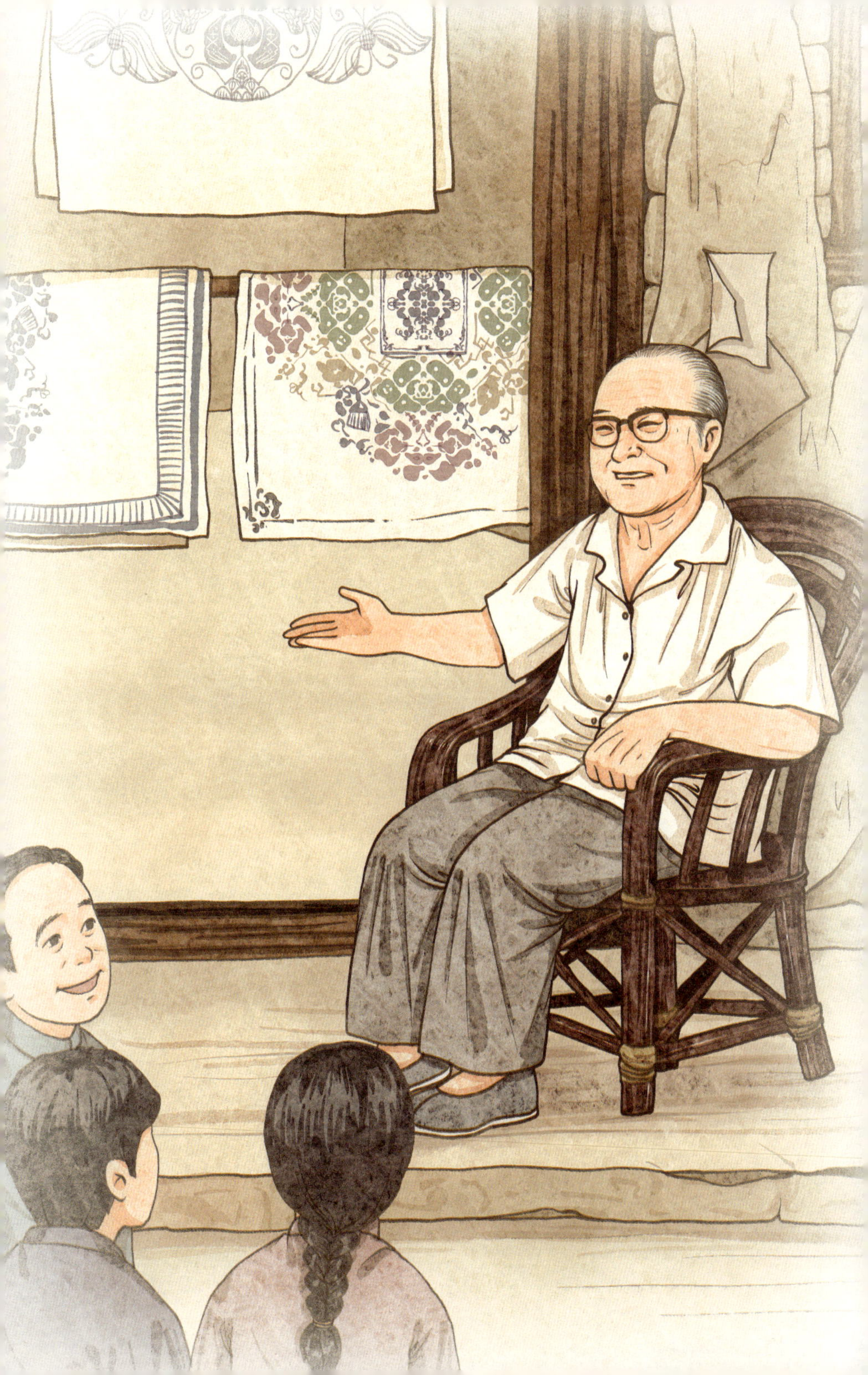

了一只跳蚤，甚为得意。有人问金先生为什么搞逻辑，金先生说："我觉得它很好玩！"

　　沈先生在生活上极不讲究。他进城没有正经吃过饭，大都是在文林街二十号对面一家小米线铺吃一碗米线。有时加一个西红柿，打一个鸡蛋。有一次我和他上街闲逛，到玉溪街，他在一个米线摊上要了一盘凉鸡，还到附近茶馆里借了一个盖碗，打了一碗酒。他用盖碗盖子喝了一点，其余的都叫我一个人喝了。

　　沈先生在西南联大是一九三八年到一九四六年。一晃，四十多年了！

一九八六年一月二日上午

吴雨僧先生二三事

吴宓（雨僧）先生相貌奇古。头顶微尖，面色苍黑，满脸刮得铁青的胡子，有学生形容他的胡子之盛，说是他两边脸上的胡子永远不能一样：刚刮了左边，等刮右边的时候，左边又长出来了。他走路很快，总是提了一根很粗的黄藤手杖。这根手杖不是为了助行，而是为了矫正学生的步态。有的学生走路忽东忽西，挡在吴先生的前面，吴先生就用手杖把他拨正。吴先生走路是笔直的，总是匆匆忙忙的。他似乎没有逍遥闲步的时候。

吴先生是西语系的教授。他在西语系开了什么课我不知道。他开的两门课是外系学生都可以选读或自由旁听的。一门是"中西诗之比较"，一门是"红楼梦"。

潇湘馆

"中西诗之比较"第一课我去旁听了。不料他讲的第一首诗却是：

一去二三里，

烟村四五家。

楼台六七座，

八九十枝花。

吴先生认为这种数字的排列是西洋诗所没有的。我大失所望了，认为这讲得未免太浅了，以后就没有再去听，其实讲诗正应该这样：由浅入深。数字入诗，确也算得上是中国诗的一个特点。骆宾王被人称为"算博士"。杜甫也常以数字为对，如"两个黄鹂鸣翠柳，一行白鹭上青天"，"窗含西岭千秋雪，门泊东吴万里船"。吴先生讲课这样的"卑之勿甚高论"，说明他治学的朴实。

"红楼梦"是很"叫座"的，听课的学生很多，女生尤其多。我没有去听过，但知道一件事。他一进教室，看到有些女生站着，就马上出门，到别的教室去搬椅子。联大教室的椅子是不固定的，可以搬来搬去。吴先生以身作则，听课的男士也急忙蜂拥出门去搬椅子。到所有女生都已坐下，吴先生才开讲。吴先生讲课内容如何，不得而知。但是他的行动，很能体现"贾宝玉精神"。

文林街和府甬道拐角处新开了一家饭馆，是几个湖南学生集资开的，取名"潇湘馆"，挂了一个招牌。

吴先生见了很生气，上门向开馆子的同学抗议：林妹妹的香闺怎么可以作为一个饭馆的名字呢！开饭馆的同学尊重吴先生的感情，也很知道他的执拗的脾气，就提出一个折中的方案，加一个字，叫作"潇湘饭馆"。吴先生勉强同意了。

听说陈寅恪先生曾说吴先生是《红楼梦》里的妙玉，吴先生以为知己。这个传说未必可靠，也许是哪位同学编出来的，但编造得颇为合理，这样的编造安在陈先生和吴先生的头上，都很合适。

吴先生长期过着独身生活，吃饭是"打游击"。他经常到文林街一家小饭馆去吃牛肉面。这家饭馆只有一间门脸，卖的也只是牛肉面。小饭馆的老板很尊重吴先生。抗战期间，物价飞涨，小饭馆随时要调整价目。每次涨价，都要征得吴先生同意。吴先生听了老板说明涨价的理由，把老的价目表撤下，在一张红纸上用毛笔正楷写一张新的价目表贴在墙上：炖牛肉多少钱一碗，牛肉面多少钱一碗，净面多少钱一碗。

抗战胜利，三校（西南联大是清华、北大、南开联合起来的）复原，不知道为什么吴先生没有回清华（他是老清华了），我就没有再见到吴先生。有一阵谣传他在四川出了家，大概是因为他字"雨僧"而附会出来的。后来打听到他辗转在武汉大学、香港大学教书，最后落到北碚师范学院。"文化大革命"中挨斗得很厉害。罪名之一，是他曾是"学衡派"，被鲁迅骂过。这是一篇老账了，不知道造反派怎么翻了出来。他在挨斗中跌断了腿。他不能再教书，一个月只能领五十元生活费。他花三十七块钱雇了一个保姆，只剩下十三块钱，实在是难以度日，后来他回到陕西，死在老家。吴先生可以说是穷困而死。一个老教授，落得如此下场，哀哉！

一九八九年一月七日

米线和饵块

未到昆明之前,我没有吃过米线和饵块。离开昆明以后,也几乎没有再吃过米线和饵块。我在昆明住过将近七年,吃过的米线饵块可谓多矣。大概每个星期都得吃个两三回。

米 线

　　米线是米粉像压饸饹似的压出来的那么一种东西，粗细也如张家口一带的莜面饸饹。口感可完全不同。米线洁白，光滑，柔软。有个女同学身材细长，皮肤很白，有个外号，就叫米线。这东西从作坊里出来的时候就是熟的，只需放入配料，加一点水，稍煮，即可食用。昆明的米线店都是用带把的小铜锅，一锅只能煮一两碗，多则三碗，谓之"小锅米线"。昆明人认为小锅煮的米线才好吃。米线配料有多种，除了爨肉之外，都是预先熟制好了的。昆明米线店很多，几乎每条街都有。文林街就有两家。

　　一家在西边，近大西门，坐南朝北。这家卖的米线花样多，有焖鸡米线、爨肉米线、鳝鱼米线、叶子米线。焖鸡其实不是鸡，是瘦肉，煸炒之后，加酱油香料煮熟。爨肉即鲜肉末。米线煮开，拨入肉末，见两开，即得。昆明人不知道为什么把这种做法叫作爨肉，这是个多么复杂难写的字！云南因有二爨（《爨宝子》《爨龙颜》）碑，很多人能认识这个字，外省人多不识。云南人把荤菜分为两类，大块炖猪肉以及鸡鸭牛羊肉，谓之"大荤"，炒蔬菜而加一点肉丝或肉末，谓之"爨荤"。"爨荤"者零碎肉也。爨肉米线的名称也许是这样引申出来的。鳝鱼米线的鳝鱼是鳝鱼切段，加大蒜焖酥了的。"叶子"即炸猪皮。这东西有的地方叫"响皮"，很多地方叫"假鱼肚"，叫作"叶子"似只有云南一省。

街东的一家坐北朝南，对面是西南联大教授宿舍，沈从文先生就住在楼上临街的一间里面。这家房屋桌凳比较干净，米线的味道也较清淡，只有焖鸡和爨肉两种，不过备有鸡蛋和西红柿，可以加在米线里。巴金同志在纪念沈先生文中说沈先生经常以两碗米线，加鸡蛋西红柿，就算是一顿饭了，指的就是这一家。

沈先生通常吃的是爨肉米线。这家还卖鸡头、脚（卤煮）和油炸花生米，小饮极便。

苠忠寺坡有一家卖爬肉米线。白汤。大块臀尖肥瘦肉煮得极爬，放在大瓷盘中。米线烫热浇汤后，用包馄饨用的竹片扒下约半两爬肉，堆在米线上面。汤肥，味厚。全城卖爬肉米线者只此一家。

青云街有一家卖羊血米线。大锅两口，一锅开水，一锅煮着生的羊血。羊血并不凝结，只是像一锅嫩豆腐。米线放在漏勺里在开水锅中冒得滚烫，扡羊血一大勺盖在米线上，浇芝麻酱，撒上香菜蒜泥，吃辣的可以自己加。有的同学不敢问津，因为羊血好像不熟，我则以为是难得的异味。

正义路有一个奎光阁，门面颇大，有楼，卖凉米线。米线，加好酱油、酸甜醋（昆明的醋有两种，酸醋和甜醋，加醋时店伙都要问:"吃酸醋嘛甜醋?"通常都答曰:"酸甜醋。"即两样都要)、五辛生菜、辣椒。夏天吃凉米线,大汗淋漓,然而浑身爽快。奎光阁在我还在昆明时就关张了。

护国路附近有一条老街,有一家专卖干烧米线,门面甚小,座位靠墙,好像摆在一个半截胡同里,设几张小桌子。干烧米线放大量猪油、酱油,一点儿汤,加大量的辣椒面和川花椒末,烧得之后,无汁水,是盛在盘子里吃的。颜色深红,辣椒和花椒的香气冲鼻子。吃了这种米线得喝大量的茶——最好是沱茶,因为味道极其强烈浓厚,"叫水";而且麻辣味在舌上久留不去,不用茶水涮一涮,得一直张嘴哈气。

最为名贵的自然是过桥米线。过桥米线和气锅鸡堪称昆明吃食的代表作。过桥米线以正义路牌楼西

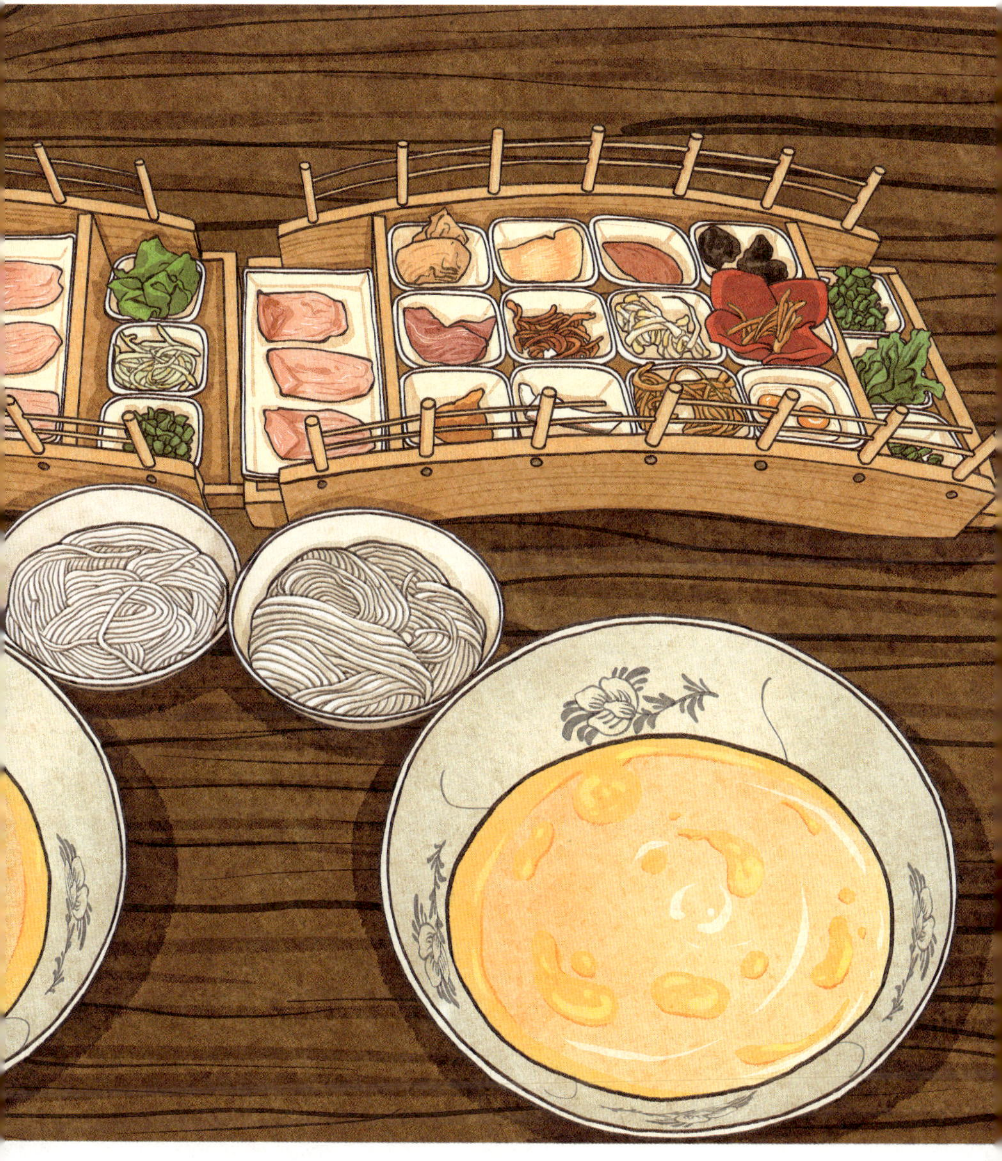

侧一家最负盛名。这家也卖别的饭菜，但是顾客多是冲过桥米线来的。入门坐定，叫过菜，堂倌即在每人面前放一盘生菜（主要是豌豆苗）；一盘（九寸盘）生鸡片、腰片、鱼片、猪里脊片、宣威火腿片，平铺盘底，片大，而薄几如纸；一碗白胚米线。随即端来一大碗汤。汤看来似无热气，而汤温高于一百摄氏度，因为上面封了厚厚的一层鸡油。我们初到昆明，就听到不止一个人的警告：这汤万万不能单喝。说有一个"下江人"司机，汤一上来，端起来就喝，竟烫死了。把生片推入汤中，即刻就都熟了；然后把米线、生菜拨入汤碗，就可以吃起来。鸡片、腰片、鱼片、肉片都极嫩，汤极鲜，真是食品中的尤物。过桥米线有个传说，说是有一秀才，在村外小河对岸书斋中苦读，秀才娘子每天给他送米线充饥，为保持鲜嫩烫热，遂想出此法。娘子送吃的，要过一道桥。秀才问："这是什么米线？"娘子说："过桥米线！""过桥米线"的名称就是这样来的。此恐是出于附会。"过桥"之名我于南宋人笔记中即曾见过，书名偶忘。

饵 块

饵块有两种。

一种是汤饵块和炒饵块。饵块乃以米粉压成大坨,于大甑内蒸熟,长方形,一坨有七八寸长,五寸来宽,厚约寸许,四角浑圆,如一小枕头。将饵块横切成薄片,再加几刀,切如骨牌大,入汤煮,即汤饵块;亦可加肉片青菜炒,即炒饵块。我们通常吃汤饵块,吃炒饵块时少。炒饵块常在小饭馆里卖,汤饵块则在较大的米线店里与米线同卖。饵块亦可以切成细条,名曰饵丝。米线柔滑,不耐咀嚼,连汤入口,便顺流而下,一直通过喉咙入肚。饵块饵丝较有咬劲。不是很饿,吃米线;倘要充腹耐饥,吃饵块或饵丝。汤饵块饵丝,配料与米线同。青莲街逼死坡下,有一家本来是卖甜品的,忽然别出心裁,添卖牛奶饵丝和甜酒饵丝,生意颇好。或曰:饵丝怎么可以吃甜的?然而,饵丝为什么不能吃甜的呢?既然可以有甜酒小汤圆,当然也可以有甜酒饵丝。昆明甜酒味浓,甜酒饵丝香、醇、甜、糯。据本省人说:饵块以腾冲的最好。腾冲炒饵块别名"大救驾"。传南明永历帝朱由榔,败走滇西,至腾冲,饥不得食,土人进炒饵块一器,朱由榔吞食罄尽,说:"这可真是救了驾了!"遂有此名。腾冲的炒饵块我吃过,只觉得切得极薄,配料讲究，吃起来与昆明的炒饵块也无多大区别。据云，腾冲的饵块乃专用某地出的上等大米舂粉制成，粉质精细，为他处所不及。只有本省人能品尝出各地的米质精粗，外省人吃不出所以然。

烧饵块的饵块是米粉制的饼状物，"昆明有三怪，粑粑叫饵块……"指的就是这东西。饵块是椭圆形的，形如北方的牛舌饼而大，比常人的手掌略长一些，边缘稍厚。烧饵块多在晚上卖。远远听见一声吆唤："烧饵块……"声音高亢，有点凄凉。走近了，就看到一个火盆，置于交脚的架子上，盆中炽着木炭，上面是一个横搭于盆口的铁箅子，饵块平放在箅子上，卖烧饵块的用一柄柿油纸扇扇着木炭，炭火更旺了，通红的。昆明人不用葵扇，扇火多用状如葵扇的柿油纸扇。铁箅子前面是几个搪瓷把缸，内装不同的酱，平列在一片木板上。不大一会儿，饵块烧得透了，内层绵软，表面微起薄壳，即用竹片从搪瓷缸中刮出芝麻酱、花生酱、甜面酱、泼了油的辣椒面，依次涂在饵块的一面，对折起来，状如老式木梳，交给顾客。两手捏着，边吃边走，咸、甜、香、辣，并入饥肠。四十余年，不忘此味。我也忘不了那一声凄凉而悠远的吆唤："烧饵块……"

一九八六年，我重回了一趟昆明。昆明变化很大。就拿米线饵块来说，也有了很大的变化。我住在圆通街，出门到青云街、文林街、凤翥街、华山西路、正义路各处走了走。我没有见到焖鸡米线、爨肉米线、鳝鱼米线、叶子米线，问之本地老人，说这些都没有了。代之而起的是到处都卖肠旺米线。"肠"是猪肠子，"旺"是猪血，西南几省都把猪血叫作"血旺"或"旺子"。肠旺米线四十多年前昆明是没有的，这大概是贵州传过来的。什么时候传来的？为什么肠旺米线能把焖鸡、爨肉……都打倒，变成肠旺米线的一统天下呢？是焖鸡、爨肉没人爱吃？费工？不赚钱？好像也都不是。我实在百思不得其解。

我没有去吃过桥米线，因为本地人告诉我，现在的过桥米线大大不如从前了。没有那样的鸡片、腰片——没有那样的刀工，也没有那样的汤。那样的汤得用肥母鸡才煨得出，现在没有那样的肥母鸡。

烧饵块的饵块倒还有，但已不是椭圆的，变成了圆的。也不像从前那样厚实，镜子样的薄薄一个圆片，大概是机制的。现在还抹那么多种酱么？还用栎炭火来烧么？

这些变化是怎么发生的？为什么会发生？

一九九〇年十一月二十四日

昆明的吃食

我这篇东西是写给外地人看的,不是写给昆明人看的。和昆明人谈昆明菜,岂不成了笑话!其实不如说是写给我自己看的。我离开昆明整四十年了,对昆明菜一直不能忘。

昆明菜是有特点的。昆明菜——云南菜不属于中国的八大菜系。很多人以为昆明菜接近四川菜，其实并不一样。四川菜的特点是麻、辣。多数四川菜都要放郫县豆瓣、泡辣椒，而且放大量的花椒——必得是川花椒。中国很多省的人都爱吃辣，如湖南、江西，但像四川人那样爱吃花椒的地方不多。重庆有很多小面馆，门面的白墙上多用黑漆涂写三个大字："麻、辣、烫"，老远的就看得见。昆明菜不像四川菜那样既辣且麻。大抵四川菜多浓厚强烈，而昆明菜则比较清淡纯和。四川菜调料复杂，昆明菜重本味。比较一下怪味鸡和气锅鸡，便知二者区别所在。

气锅鸡

中国人很会吃鸡。广东的盐焗鸡，四川的怪味鸡，常熟的叫花鸡，山东的炸八块，湖南的东安鸡，德州的扒鸡……如果全国各种做法的鸡来一次大奖赛，哪一种鸡该拿金牌？我以为应该是昆明的气锅鸡。

是什么人想出了这种非常独特的吃法？估计起来，得有气锅，然后才有气锅鸡。汽锅以建水所制者最佳。在全国出陶器的地方都能造汽锅，如江苏的宜兴。但觉得用别处出的气锅蒸出来的鸡，都不如用建水气锅蒸出的有味。这也许是我的偏见。气锅既出在建水,那么,昆明的气锅鸡也可能是从建水传来的吧?

原来在正义路近金碧路的路西有一家专卖气锅鸡。这家不知有没有店号,进门处挂了一块匾,上书四个大字:"培养正气。"因此大家就径称这家饭馆为"培养正气"。过去昆明人一说:"今天我们培养一下正气。"听话的人就明白是去吃气锅鸡。"培养正气"的鸡特别鲜嫩,而且屡试不爽。没有哪一次去吃了,会说:"今天的鸡差点事!"所以能永远保持质量,据说他家用的鸡都是武定肥鸡。鸡瘦则肉柴,肥则无味。独武定鸡极肥而有味。揭盖之后:汤清如水,而鸡香扑鼻。

听说"培养正气"已经没有了。昆明饭馆里卖的气锅鸡已经不是当年的味道,因为用的不是武定鸡,什么鸡都有。

恢复"培养正气",重新选用武定鸡,该不是难事吧?

昆明的白斩鸡也极好。玉溪街卖馄饨的摊子的铜锅上搁一个细铁条篦子,上面都放两三只肥白的熟鸡。随要,即可切一小盘。昆明人管白斩鸡叫"凉鸡"。我们常常去吃,喝一点酒,因为是坐在一张长板凳上吃的,有一个同学为这种吃法起了一个名目,叫"坐失(食)良(凉)机(鸡)"。玉溪街卖的鸡据说是玉溪鸡。

华山南路与武成路交界处从前有一家馆子叫"映时春",做油淋鸡极佳。大块鸡生炸，十二寸的大盘，高高地堆了一盘，蘸花椒盐吃。二十几岁的小伙子，七八个人，人得三五块，顷刻瓷盘见底矣。如此吃鸡，平生一快。

昆明旧有卖爊鸡杂的，挎腰圆食盒，串街唤卖。鸡肫鸡肝皆用篾条穿成一串，如北京的糖葫芦。鸡肠子盘紧如素鸡，买时旋切片。耐嚼，极有味，而价甚廉，为佐茶下酒妙品。估计昆明这样的小吃已经没有了。曾与老昆明谈起，全似孟元老《东京梦华录》中所记了也。

火　腿

云南宣威火腿与浙江金华火腿齐名，难分高下。金华火腿知道的人多，有许多品级。比较著名的是"雪舫蒋腿"。更高级的，以竹叶熏成的，谓之"竹叶腿"。宣威火腿似没有这么多讲究，只是笼统地叫作火腿。火腿出在宣威，据说宣威家家腌制，而集中销售地则在昆明。正义路牌坊东侧原来有一家火腿庄，除了卖整只、零切的火腿，还卖火腿骨、火腿油。上海卖金华火腿的南货店有时卖"火腿脚爪"，单卖火腿油，却没有听说过。火腿骨熬汤，火腿油炖豆腐，想来一定很好吃。

火腿作为提味的配料时多，单吃，似只有一种吃法，蒸熟了切片。从前有蜜炙火腿，不知好吃否。金华火腿按部位分油头、上腰、中腰——再以下便是脚爪。昆明人吃火腿特重小腿至肘棒的那一部分，谓之"金钱片腿"，因为切开做圆形，当中是精肉，周围是肥肉，带着一圈薄皮。大西门外有一家本地饭馆，不大，很不整洁，但是菜品不少，金钱片腿是必备的。因为赶马的马锅头最爱吃这道菜——这家饭馆的主要顾客是马锅头。马锅头兄弟一进门，别的菜还没有要，先叫："切一盘金钱片腿！"

　　一道昆明菜，不是以火腿为主料，但离开火腿却不成的，是"锅贴乌鱼"。这是东月楼的名菜。乃以乌鱼两片（乌鱼必活杀，鱼片须旋批），中夹兼肥带瘦的火腿一片，在平底铛上，以文火烙成，不加任何别的作料。鲜嫩香美，不可名状。

　　东月楼在护国路，是一家地道的昆明老馆子。除锅贴乌鱼外，尚有酱鸡腿，也极好。听说东月楼现在也没有了。

　　昆明吉庆祥的火腿月饼甚佳。今年中秋，北京运到一批，买来一尝，滋味犹似当年。

牛　肉

我一辈子没有吃过昆明那样好的牛肉。

昆明的牛肉馆的特别处是只卖牛肉一样——外带米饭、酒，不卖别的菜肴。这样的牛肉馆，据我所知，有三家。有一家在大西门外凤翥街，因为离西南联大很近，我们常去。我是由这家"学会"吃牛肉的。一家在小东门。而以小西门外马家牛肉馆为最大。楼上楼下，几十张桌子。牛肉馆的牛肉是分门别类地卖的。最常见的是汤片和冷片。白牛肉切薄片，浇滚烫的清汤，为汤片。冷片也是同样旋切的薄片，但整齐地码在盘子里，蘸甜酱油吃（甜酱油为昆明所特有）。汤片、冷片皆极酥软，而不散碎。听说切汤片冷片的肉是整个一边牛蒸熟了的，我有点不相信：哪里有这样大的蒸笼，这样大的锅呢？但切片的牛肉确是很大的大块的。牛肉这样酥软，火候是要很足。有人告诉我，得蒸（或煮？）一整夜。其次是"红烧"。"红烧"不是别的地方加了酱油焖煮的红烧牛肉，也是清汤的，不过牛肉大概曾用红曲染过，故肉呈胭脂红色。"红烧"是切成小块的。这不用牛身上的"好"肉，如胸肉腿肉，带一些"筋头巴脑"，和汤片、冷片相较，别是一种滋味。还有几种牛身上的特别部位，也分开卖。却都有代用的别名，不"会"吃的人听

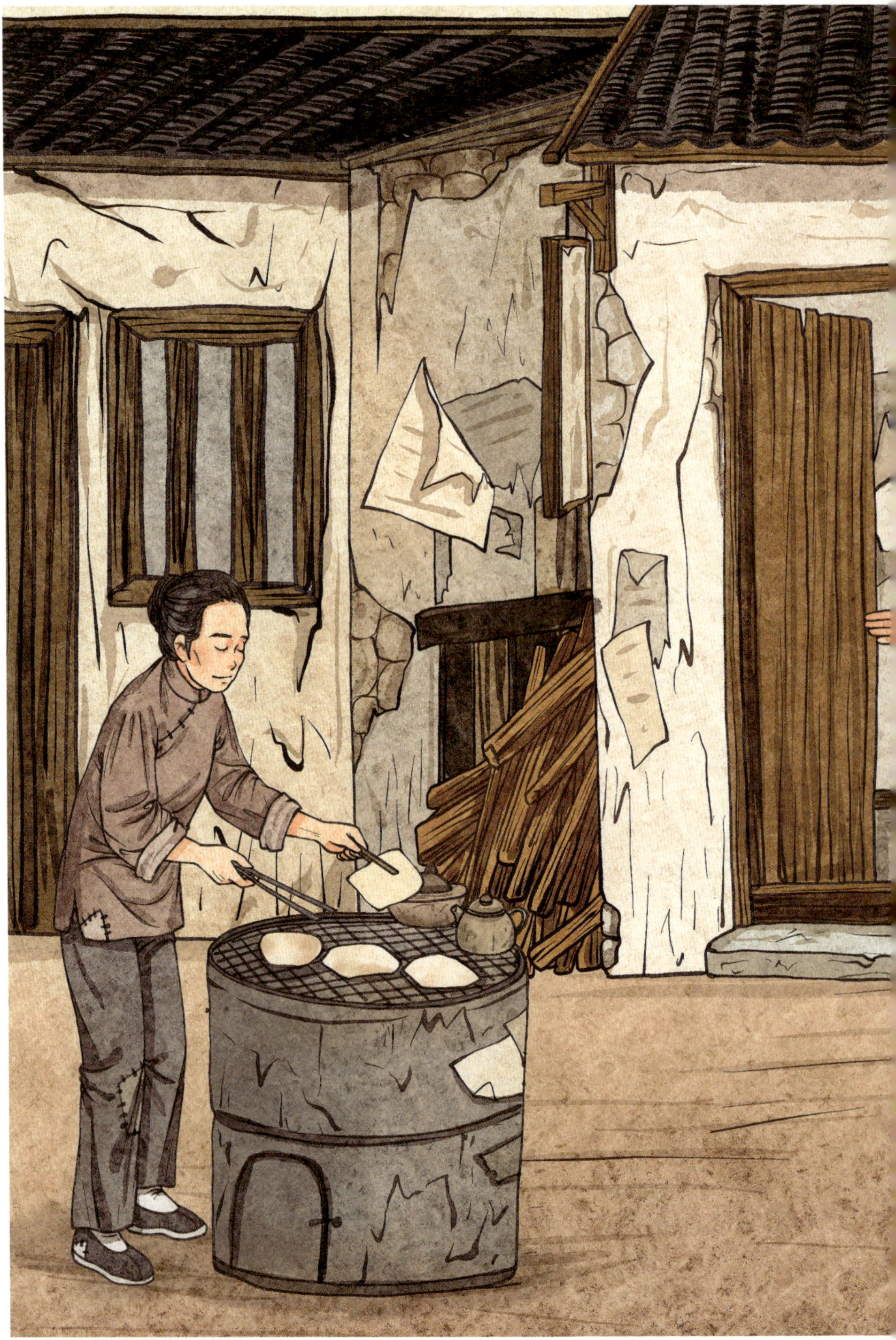

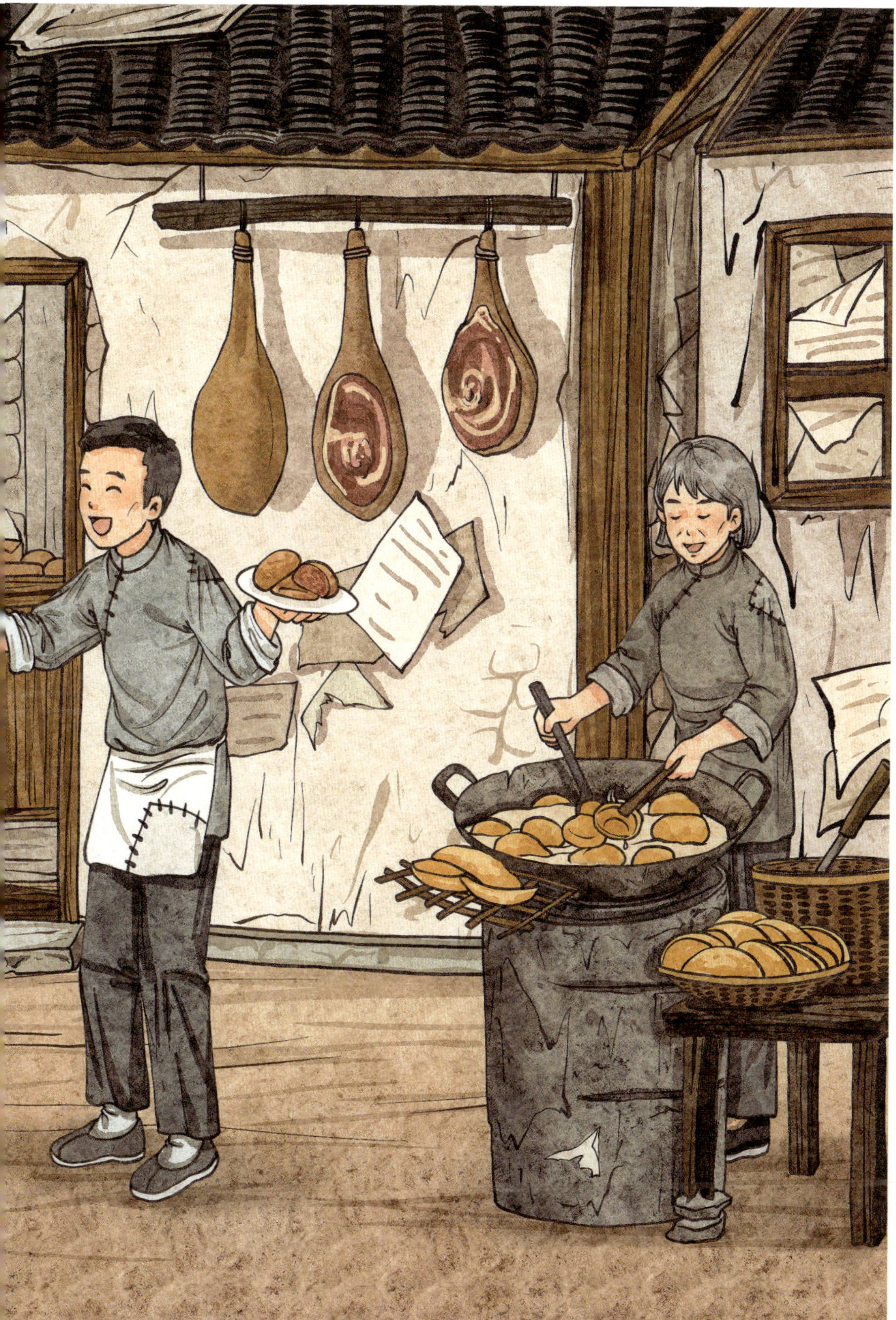

不懂，不知道这是什么东西。如牛肚叫"领肝"；牛舌叫"撩青"。很多地方卖舌头都讳言"舌"字，因为"舌"与"蚀"同音。无锡陆稿荐卖猪舌改叫"赚头"。广东饭馆把牛舌叫"牛脷"，其实脷是"牛利"，只是加了一个肉月偏旁，以示这是肉食。这都是反"蚀"之意而用之，讨个吉利。把舌头叫成"撩青"，别处没有听说过。稍想一下，是有道理的。牛吃青草，都是用舌头撩进嘴里的。这一别称很形象，但是太费解了。牛肉馆还有牛大筋卖。我有一次同一个女同学去吃马家牛肉馆，她问我："这是什么？"我实在不好回答。我在昆明吃过不少次牛大筋，只是因为它好吃，不是为了壮阳。"领肝""撩青""大筋"都是带汤的。牛肉馆不卖炒菜。上牛肉馆其实主要是来喝汤的——汤好。

昆明牛肉馆用的牛都是小黄牛，老牛、废牛是不用的。吃一次牛肉馆是花不了多少钱的，比一般小饭馆便宜，也好吃，实惠。

马家牛肉馆常有人托一搪瓷茶盘来卖小菜，苤头、蒜、腌姜、糟辣椒……有七八样。两三分钱即可买一碟，极开胃。

马家牛肉店不知还有没有？如果没有了，就太可惜了。

昆明还有牛干巴，乃将牛肉切成长条，腌制晾干。小饭馆有炒牛干巴卖。这东西据说生吃也行。马锅头上路，总要带牛干巴，用刀削成薄片，酒饭均宜。

蒸 菜

昆明尚食蒸菜。正义路原来有一家。蒸鸡、蒸骨、蒸肉。都放在直径不到半尺的小蒸笼中蒸熟。小笼层层相叠。几十笼为一摞，一口大蒸锅上蒸着好几摞。蒸菜都酥烂，蒸鸡连骨头都能嚼碎。蒸菜有衬底。别处蒸菜衬底多为红薯、洋芋、白萝卜，昆明蒸菜的衬底却是皂角仁。皂角仁我是认识的。我们那里的少女绣花，常用小瓷碟蒸十数个皂角仁，用来"光"绒，取其滑润，并增光泽。我没有想到这东西能吃，且好吃。样子也好看，莹洁如玉。这么多的蒸菜，得用多少皂角仁，得多少皂角才能剥出这样多的仁呢？玉溪街里有一家也卖蒸菜。这家所卖蒸菜中有一色rang小瓜：小南瓜，挖出瓤，塞入肉蒸熟，很别致。很多地方都有rang菜，rang冬瓜，rang茄子，都是塞肉蒸熟的菜。rang不知道怎么写，一般字典查不到这个字，或写成"酿"，则音义都不对。我们到北京后曾做过rang小瓜，终不似玉溪街的味道。大概这家因为是和许多其他蒸菜摆在一起蒸的，鸡、骨、肉的蒸气透入蒸小瓜的笼，故小瓜里的肉有瓜香，而包肉的瓜则带鲜味。单rang一瓜，不能腴美。

诸　菌

有朋友到昆明开会,我告诉他到昆明一定要吃菌子。他住在一旧交家里,把所有的菌子都吃了。回北京见到我,说:"真是好!"

鸡㙡为菌中之王。甬道街有一家专做鸡㙡的馆子。

这家还卖苦菜汤,是熬在一口大锅里,非常便宜,好吃。外省人说昆明有三怪:姑娘叫老太,粑粑叫饵块,芥菜叫苦菜。听昆明人说苦菜不是芥菜,是另一种。

前月有一直住在昆明的老同学来,说鸡㙡出在富民。有一次他们开会,从富民拉了一汽车鸡㙡来,吃得不亦乐乎。鸡㙡各处皆有,富民可能出得多一些。

青头菌、牛肝菌、干巴菌、鸡油菌,我在别的文章里已写过,不重复。昆明诸菌总宜鲜吃。鸡㙡可制成油鸡㙡,干巴菌可晾成干,可致远,然而风味减矣。

乳扇、乳饼

乳扇是晾干的奶皮子，乳饼即奶豆腐。这种奶制品我颇怀疑是元朝的蒙古兵传入云南的。然而蒙古人的奶制品只是用来佐奶茶，云南则作为菜肴。这两样其实只能"吃着玩"，不下饭的。

炒鸡蛋

炒鸡蛋天下皆有。昆明的炒鸡蛋特泡。一颠翻面，两颠出锅，动锅不动铲。趁热上桌，鲜亮喷香，逗人食欲。

番茄炒鸡蛋，番茄炒至断生，仍有清香，不疲软，鸡蛋成大块，不发死。番茄与鸡蛋相杂，颜色仍分明，不像北方的西红柿炒鸡蛋，炒得"一塌糊涂"。

映时春有雪花蛋，乃以鸡蛋清、温熟猪油于小火上，不住地搅拌，猪油与蛋清相入，油蛋交融。嫩如鱼脑，洁白而有亮光。入口即已到喉，齿舌都来不及辨别是何滋味，真是一绝。另有桂花蛋，则以蛋黄以同法制成。雪花蛋、桂花蛋上都撒了一层瘦火腿末，但不宜多，多则掩盖鸡蛋香味。鸡蛋这样的做法，他处未见。我在北京曾用此法做一盘菜待客，吹牛说："这是昆明做法。"客人尝后，连说："不错！不错！"且到处宣传。其实我做出的既不是雪花蛋，也不是桂花蛋，简直有点像山东的"假螃蟹"了！

炒青菜

袁子才《随园食单》指出：炒青菜须用荤油，炒荤菜当用素油，很有道理。昆明炒青菜都用猪油。昆明的青菜炒得好，因为：菜新鲜，油多，火爆，慎用酱油，起锅时一般不烹水或烹水极少，不盖锅（饭馆里炒青菜多不盖锅），或盖锅时间甚短。这样炒出来的青菜不失菜味，且不变色，视之犹如从园中初摘出来的一样。

菜花昆明叫椰花菜。北京炒菜花先以水焯过，再炒。这样就不如干脆加水煮成奶油菜花汤了。昆明炒椰花菜皆生炒，脆而不艮，干干净净。如加火腿，尤妙。

炒苞谷只有昆明有。每年北京嫩玉米上市时，我都买一些回来抠出玉米粒加瘦肉末炒了吃。有亲戚朋友来，觉得很奇怪："玉米能做菜？"尝了两筷子，都说"好吃"。炒苞谷做法简单，在北京的一个很小的范围内已经推广。有一个西南联大的校友请几个老同学上家里聚一聚,特别声明:"今天有一道昆明菜!"端上来,是炒苞谷。苞谷既老,放了太多的肉,大量酱油,还加了很多水咕嘟了!我跟他说:"你这样的炒苞谷,能把昆明人气死。"

临离昆明前我和朱德熙在一家饭馆里吃了一盘肉炒菠菜,当时叫绝,至今不忘。菠菜极嫩(北京人爱吃长成小树一样的菠菜,真不可解),油极大,火甚匀,味极鲜。炒菠菜要尽量少动铲子。频频翻锅,菠菜就会发黑,且有涩味。

黑芥、韭菜花、茄子鲊

昆明谓黑大头菜为黑芥。袁子才以为大头菜偏宜肉炒,很对。大头菜得肉,香味才能发出。我们有时几个人在昆明饭馆里吃饭,一看菜不够了,就赶紧添叫一盘黑芥炒肉。一则这个菜来得快;二则极下饭,且经吃。

韭菜花出曲靖。名为韭菜花,其实主料是切得极细晾干的萝卜丝。这是中国咸菜里的"神品"。这一味小菜按说不用多少成本,但价钱却颇贵,想是因为腌制很费工。昆明人家也有自己腌韭菜花的。这种韭菜花和北京吃涮羊肉作调料的韭菜花不是一回事,北京人万勿误会。

茄子鲊是茄子切细丝，风干，封缸，发酵而成。我很怀疑这属于古代的菹。菹，郭沫若以为可能是泡菜。《说文解字》"菹"字下注云："酢菜也。"我觉得可能就是茄子鲊一类的东西。中国以酢为名的小菜别处也有，湖南有"酢辣子"。古书里凡从酉的字都跟酒有点关系。茄子鲊和酢辣子都是经过酒化了的，吃起来带酒香。

点心和小吃

火腿月饼。昆明吉庆祥火腿月饼天下第一。因为用的是"云腿"（宣威火腿），做工也讲究。过去四个月饼一斤，按老秤说是四两一个，称为"四两砣"。前几年有人从昆明给我带了两盒"四两砣"来，还能保持当年的质量。

破酥包子。油和的发面做的包子。包子的名称中带一个"破"字，似乎不好听。但也没有办法，因为蒸得了皮面上是有一些小小裂口。糖馅肉馅皆有，吃是很好吃的，就是太油了。你想想，油和的面，刚揭笼屉，能不油么？这种包子，一次吃不了几个，而且必须喝很浓的茶。

玉麦粑粑。卖玉麦粑粑的都是苗族的女孩。玉麦即苞谷。昆明的汉族人叫苞谷，而苗人叫玉麦。新玉麦，剥成粒，磨碎，用手拍成烧饼大，外裹玉麦的箨片（粑粑上还有手指的印子），蒸熟，放在漆市盆里卖，上覆杨梅树叶。玉麦粑粑微有咸味，有新玉麦的清香。苗族女孩子吆唤："玉麦粑粑——"声音娇娇的，很好听。如果下点小雨，尤有韵致。

洋芋粑粑。洋芋学名马铃薯，山西、内蒙古叫山药，东北、河北叫土豆，上海叫洋山芋，云南叫洋芋。洋芋煮烂，捣碎，入花椒盐、葱花，于铁勺中按扁，放在油锅里炸片时，勺底洋芋微脆，粑粑即漂起，捞出，即可拈吃。这是小学生爱吃的零食，我这个大学生也爱吃。

摩登粑粑。摩登粑粑即烤发面饼，不过是用松毛（马尾松的针叶）烤的，有一种松针的香味。这种面饼只有凤翥街一家现烤现卖，西南联大也就被叫成"摩登粑粑"，而且成了正式的名称。前几年我到昆明，提起这种粑粑，昆明人说：现在还有，不过不在凤翥街了，搬到另外一条街上去了，还叫作"摩登粑粑"。

一九九三年一月十三日

昆明食菌

我在昆明住过七年,离开已四十多年,忘不了昆明的菌子。

雨季一到,诸菌皆出,空气里到处是菌子气味。无论贫富,都能吃到菌子。

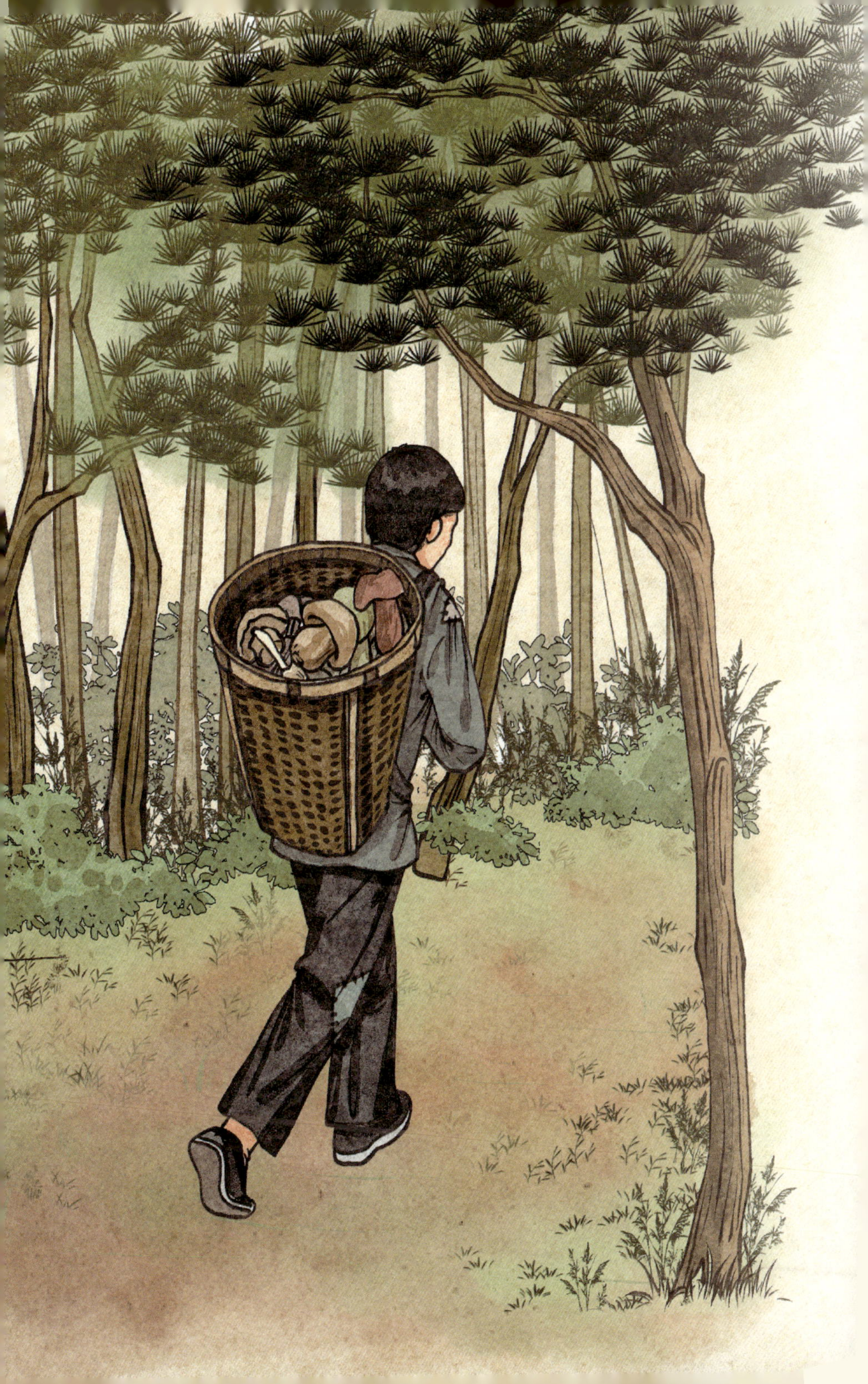

常见的是牛肝菌、青头菌。牛肝菌菌盖正面色如牛肝。其特点是背面无菌折,是平的,只有无数小孔,因此菌肉很厚,可切成薄片,宜于炒食。入口滑细,极鲜。炒牛肝菌要加大量蒜片,否则吃了会头晕。菌香、蒜香扑鼻,直入脏腑,逗人食欲。牛肝菌价极廉,西南联大的大食堂的饭桌上都能有一盘。青头菌稍贵一点。青头菌菌盖正面微带苍绿色，菌折雪白。炒或烩，宜放盐，用酱油颜色就不好看了。一般都认为青头菌格韵较高，但也有人偏嗜牛肝菌，以其滋味更为强烈浓厚。

最名贵的是鸡㙡。鸡㙡之名甚奇怪。"㙡"字别处少见，一般字典上查不到。为什么叫"鸡㙡"，众说不一。有人说鸡㙡的菌盖"开伞"后，样子像公鸡脖子上的

毛——鸡鬉。没有根据。我见过未经熟制的鸡枞样子并不像鬉——果系如此，何不径写作"鸡鬉"？这东西生长的地方也奇怪，生在田野间的白蚁窝上。为什么专长在白蚁窝上，这道理连专家也没有弄明白。鸡枞菌盖小而菌把粗长，吃的主要便是形似鸡大腿的菌把。鸡枞是菌中之王。味道如何，真难比方。可以说这是植物鸡。味正似当年的肥母鸡。但鸡肉粗，有丝，而鸡枞则极细腻丰腴，且鸡肉无此一种特殊的菌子香气。昆明甬道街有一家不大的云南馆子，制鸡枞极有名。

菌子里味道最深刻（请恕我用了这样一个怪字眼），样子最难看的，是干巴菌。这东西像一个被踩破的马蜂窝，颜色如半干牛粪，乱七八糟，当中还夹杂了许多松毛、草茎，择起来很费事。择也择不出大片，只是螃蟹小腿肉粗细的丝丝。洗净后，与肥瘦相间的猪肉、青辣椒同炒，入口细嚼，半天说不出话来。只觉得：世界上还有这么好吃的东西？干巴菌，菌也，但有陈年宣威火腿香味、宁波曹白鱼鲞香味、苏州风鸡香味、南京鸭胗肝香味，且杂有松毛的清香气味。干巴菌晾干，与辣椒同腌，可久藏，味与鲜时无异。

样子最好看的是鸡油菌，个个正圆，银圆大，嫩黄色，但据说不好吃。干巴菌和鸡油菌，一个中吃不中看，一个中看不中吃。

昆明的果品

梨

我们刚到昆明的时候,满街都是宝珠梨。宝珠梨形正圆——"宝珠"大概即由此得名,皮色深绿,肉细嫩无渣,味甜而多汁,是梨中的上品。我吃过河北的鸭梨、山东的莱阳梨、烟台的茄梨……宝珠梨的味道和这些梨都不相似。宝珠梨有宝珠梨的特点。只是因为出在云南，不易远运，外省人知道的不多，名不甚著。

昆明卖梨的办法颇为新鲜，论"十"，不论斤，"几文一十"，一次要买就是十个；三个、五个，不卖。据说这是因为卖梨的不会算账，零买，他不知道要多少钱。恐怕也不见得，这只是一种古朴的习惯而已。宝珠梨大小都差不多，很"匀溜"，没有太大和很小的，论十要价，倒也公道。我们那时的胃口也很惊人，一次吃下十只梨不算一回事。现在这种"论十"的办法大概已经改变了，想来已经都用磅秤约斤了。

还有一种梨叫"火把梨"，即北方的红绡梨，所以名为火把，是因为皮色黄里带红，有的竟是通红的。这种梨如果挂在树上，太阳一照，就更像是一个一个点着了的小火把了。火把梨味道远不如宝珠梨——酸！但是如果走长路，带几个在身上，到中途休憩时，嚼上两个，是很能"杀渴"的。

我曾和几个朋友骑马到金殿。下马后，买了十个火把梨，赶马的（昆明租马，马的主人大都要随在马后奔跑）也买了十个。我们买梨是自己吃，赶马的却是给马吃。他把梨托在手里，马就掀动嘴唇，把梨咬破，咯吱咯吱嚼起来。看它一边吃，一边摇脑袋，似乎觉得梨很好吃。我从来没见过马吃梨。看见过马吃梨的人大概不多。吃过梨的马大概也不多。

石　榴

　　河南石榴,名满天下。"白马甜榴,一实值牛",北魏以来,即有口碑。我在北京吃过河南石榴,觉得盛名之下,其实难副。粒小、色淡、味薄,比起昆明的宜良石榴差得远了。宜良石榴都很大,个个开裂,颗粒甚大,色如红宝石——有一种名贵的红宝石即名为"石榴米",味道很甜。苏东坡曾谓读贾岛诗如食小鱼,"所得不偿劳",我小时吃石榴,觉得吃得一嘴籽儿,而吮不出多少味道,真是"所得不偿劳",在昆明吃宜良石榴却无此感,觉得很满足,很值得。

　　昆明有石榴酒,乃以石榴米于白酒中泡成,酒色透明,略带浅红,稍有甜味,仍极香烈。

　　不知道为什么,昆明人把宜良叫成米良。

桃

　　昆明桃大致为离核和"面核"两种。桃甚大,一个即可吃饱。我曾在暑假中,在桃子下来的时候,买一个很大的离核黄桃当早点。一掰两半,紫核黄肉,香甜满口,至今难忘。

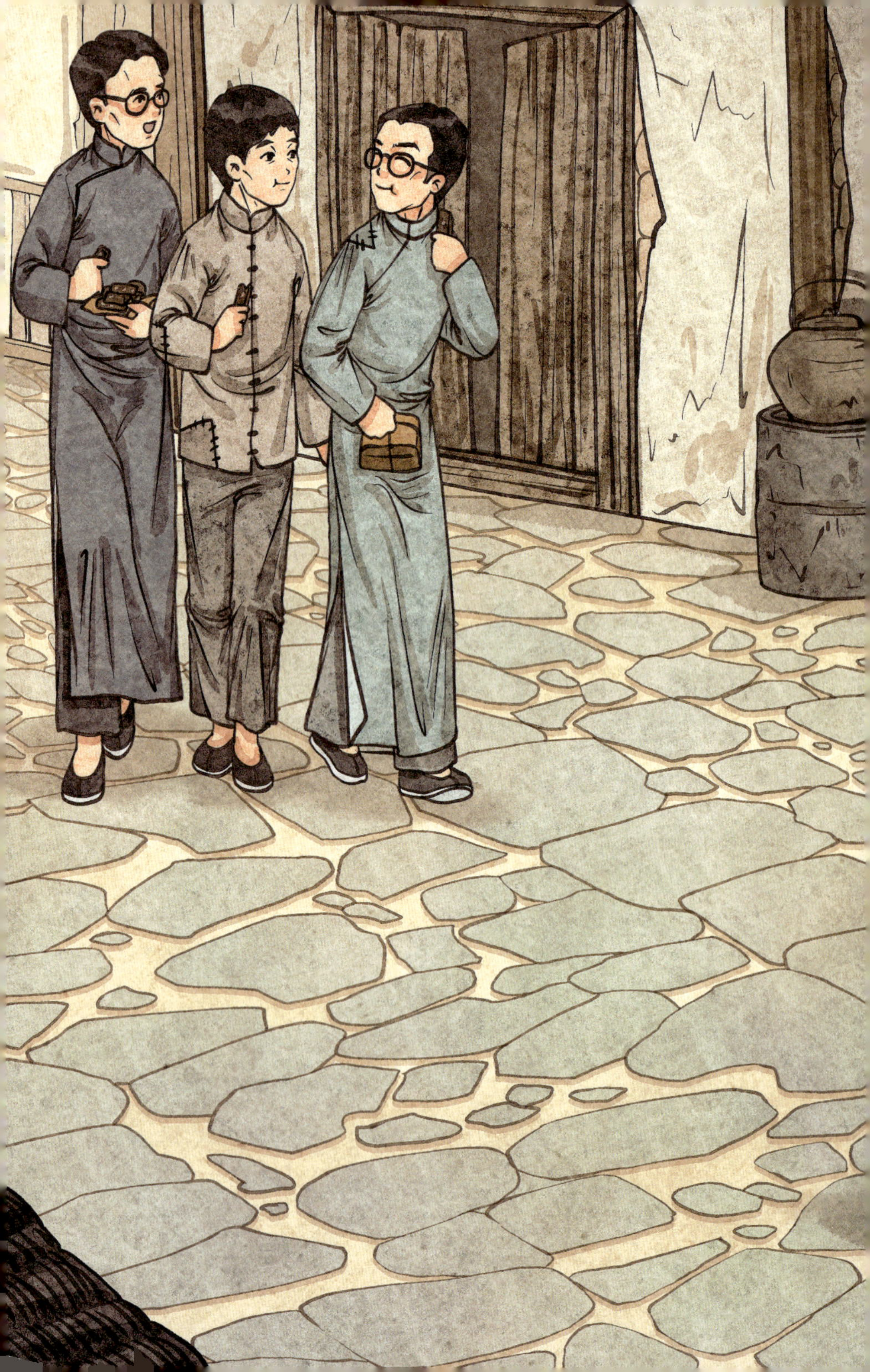

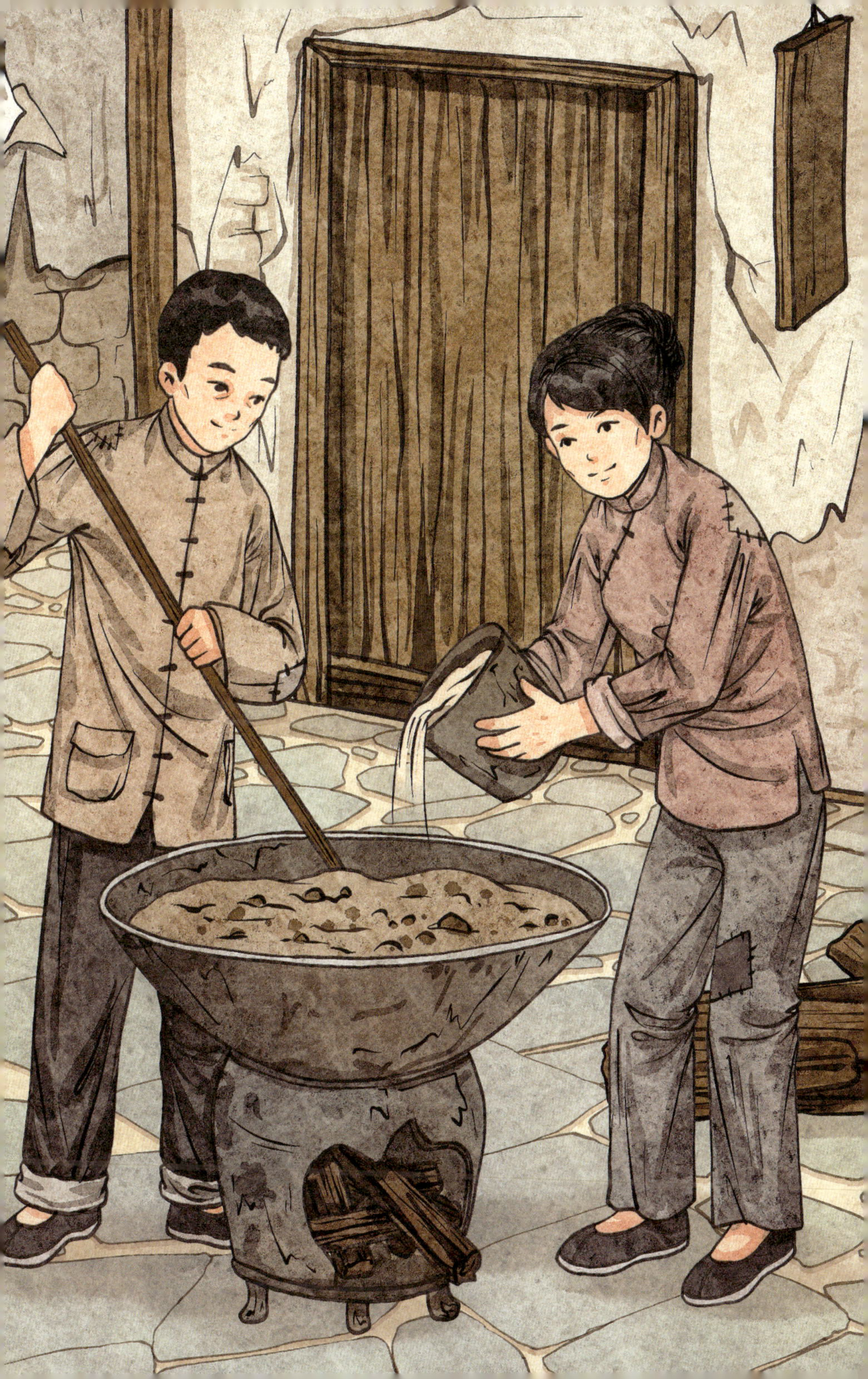

杨　梅

昆明杨梅名火炭梅，极大极甜，颜色黑紫，正如炽炭。卖杨梅的苗族女孩常用鲜绿的树叶衬着，炎炎熠熠，数十步外，摄人眼目。

木　瓜

此所谓木瓜非华南的番木瓜。

《辞海》："木瓜，植物名。……亦称'楙榵'。蔷薇科。落叶灌木或小乔木。树皮常作片状剥落，痕迹鲜明。叶椭圆状卵形，有锯齿，嫩叶背面被绒毛。春末夏初开花，花淡红色。果实秋季成熟，长椭圆形，长十至十五厘米，淡黄色，味酸涩，有香气。……"

木瓜我是很熟悉的，我的家乡有。每当炎暑才退，菊绽蟹肥之际，即有木瓜上市。但是在我的家乡，木瓜只是用来闻香的。或放在瓷盘里，作为书斋清供；或取其体小形正者于手中把玩，没有吃的。且不论其味酸涩，就是那皮肉也是硬得咬不动的。至于木瓜可以入药，那我是知道的。

我到昆明,才第一次知道木瓜可以吃。昆明人把木瓜切成薄片,浸泡在水里(水里不知加了什么东西),用一个桶形的玻璃罐子装着,于水果店的柜台上出卖。我吃过,微酸,不涩,香脆爽口,别有风味。

中国古代大概是吃木瓜的。唐以前我不知道。宋代人肯定是吃的。《东京梦华录·是月巷陌杂卖》有"药木瓜、水木瓜"。《梦粱录·果之品》:"木瓜,青色而小,土人劗片爆熟,入香药货之;或糖煎,名爊木瓜。"《武林旧事·果子》有"爊木瓜",《凉水》有"木瓜汁"。看来昆明市上所卖的木瓜当是"水木瓜",浸泡木瓜的水即当是"木瓜汁"。至于"爊木瓜"则我于昆明尚未见过,这大概是以药物泡制,如广东的陈皮梅、泉州的霉姜一类的东西,木瓜的本味已经保存不多了。

我觉得昆明吃木瓜的方法可以在全国推广。吃木瓜,从某种意义上,也可以说是我们国家的一项文化遗产。

地 瓜

地瓜不是水果,但对吃不起水果的穷大学生来说,它也就算是水果了。

地瓜，湖南、四川叫作凉薯或良薯。它的好处是可以不用刀削皮，用手指即可沿藤茎把皮撕净，露出雪白的薯肉。甜，多水。可以解渴，也可充饥。这东西有一股土腥气。但是如果没有这点土腥气，地瓜也就不成其为地瓜了，它就会是另外一种什么东西了。正是这点土腥气让我想起地瓜，想起昆明，想起我们那一段穷日子，非常快乐的穷日子。

胡萝卜

联大的女同学吃胡萝卜成风。这是因为女同学也穷，而且馋。昆明的胡萝卜也很好吃。昆明的胡萝卜是浅黄色的，长至一尺以上，脆嫩多汁而有甜味，胡萝卜味儿也不是很重。胡萝卜有胡萝卜素，含维生素C，对身体有益，这是大家都知道的。不知道是谁提出，胡萝卜还含有微量的砒，吃了可以驻颜。这一来，女同学吃胡萝卜的就更多了。她们常常一把一把地买来吃。一把有十多根。她们一边谈着克列斯丁娜·罗赛蒂的诗，布朗底的小说，一边咯吱咯吱地咬胡萝卜。

核桃糖

昆明的核桃糖是软的,不像稻香村卖的核桃粘或椒盐核桃。把蔗糖熬化,倾在瓷盆里,和核桃肉搅匀,反扣在市板上,就成了。卖的时候用刀沿边切块卖,就跟北京卖切糕似的。昆明核桃糖极便宜,便宜到令人不敢相信。华山南路口,青莲街拐角,直对逼死坡,有一家高台阶门脸,卖核桃糖。我们常常从市里回联大,路过这一家,花极少的钱买一大块,边吃边走,一直走进翠湖,才能吃完。然后在湖水里洗洗手,到茶馆里喝茶。核桃在有些地方是贵重的山果,在昆明不算什么。

糖炒栗子

昆明的糖炒栗子,天下第一。第一,栗子都很大。第二,炒得很透,颗颗裂开,轻轻一捏,外壳即破,栗肉迸出,无一颗"护皮"。第三,真是"糖炒栗子",一边炒,一边往锅里倒糖水,甜味透心。在昆明吃炒栗子,吃完了非洗手不可——指头上粘的都是糖。

呈贡火车站附近,有一大片栗树林,方圆数里。树皆合抱,枝叶浓密,树上无虫蚁,树下无杂草,干净之极,我曾几次骑马过栗树林,如入画境。

昆明的花

茶　花

云南茶花——滇茶，久负盛名。

张岱《陶庵梦忆·逍遥楼》云："滇茶故不易得，亦未有老其材八十余年者。朱文懿公逍遥楼滇茶，为陈海樵先生手植，扶疏蓊翳，老而愈茂。诸文孙恐其力不胜葩，岁删其萼盈斛，然所遗落枝头，犹自燔山熠谷焉。"

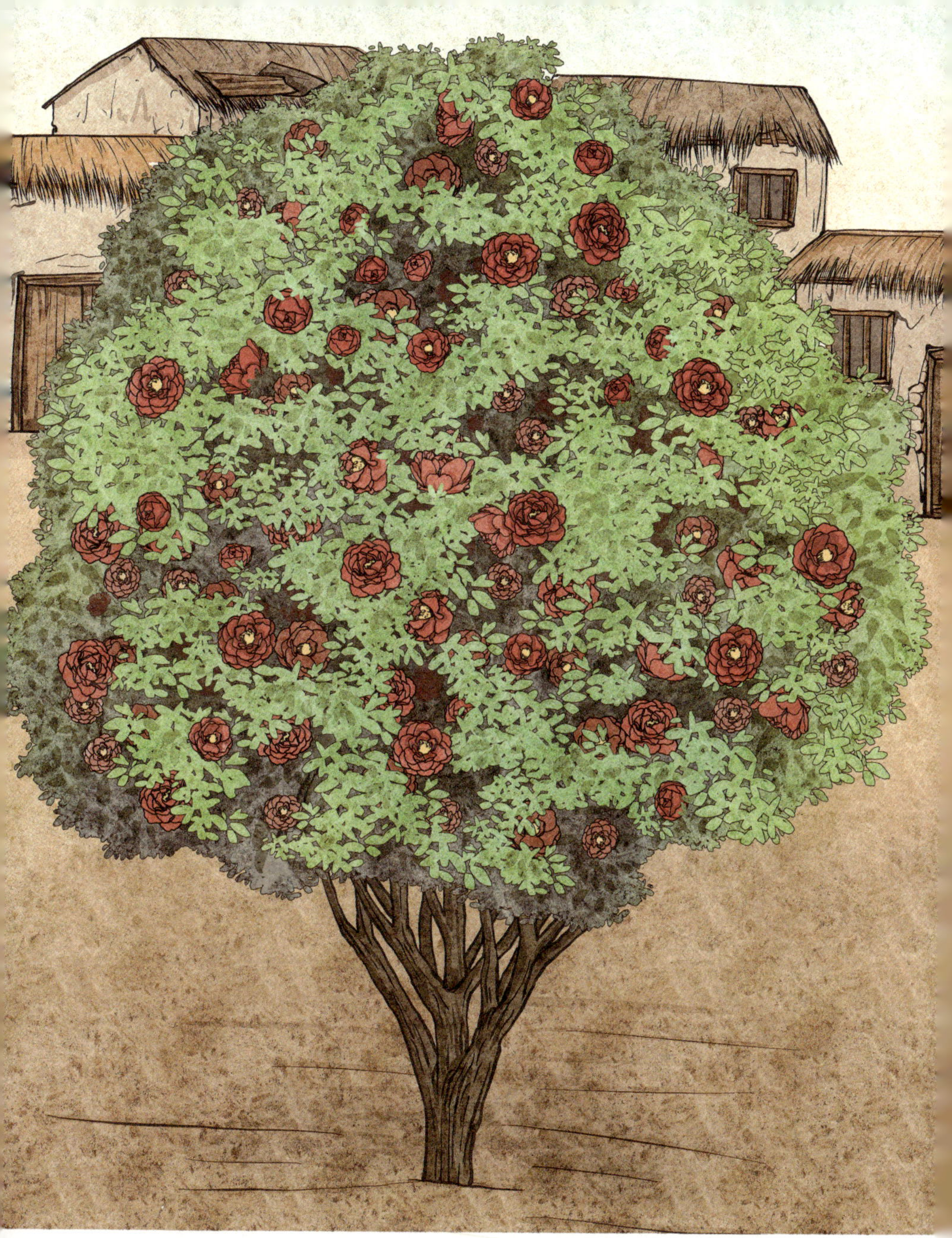

鲁迅说张岱的文章每多夸张。这一篇看起来也像有些夸张，但并不，而且写得极好，得滇茶之神理。

昆明西山某寺有一棵大茶花。走进山门，越过站着四大金刚的门道，一抬头便看见通红的一大片。是得抬头的，因为茶花非常高大。大雄宝殿前的石坪是很大的，这棵茶花几乎占了石坪的一小半。花皆如汤碗大，一朵一朵，像烧得炽旺的火球。张岱说滇茶"燔山熠谷"，是一点不错的。据说这棵茶花每年能开三百来朵。满树黑绿肥厚的大叶子衬托着，更显得热闹非常。这才真叫作大红大绿。这样的大红大绿显出一种强壮的生命力。华贵之极，却毫不俗气。这是一个夺人眼目的大景致。如果我的同乡人来看了，一定会大叫一声"乖乖咙的咚！"我不知道寺里的和尚是不是也"岁删其弩盈斛"，但是他们是怕这棵茶花担负不起这样多的大花的，便搭了一个杉木的架子，撑着四围的枝条。昆明茶花到处都有，而该寺的这一棵，大概要算最大的。

茶花的好处是花大、色浓、花期长，而树木极能耐久。西山某寺的茶花大概已经不止八十年了。江西井冈山一带有一个风俗。人家生了孩子，孩子过周岁时，亲戚朋友送礼，礼物上都要放一枝带叶子的油茶。油茶常绿，越冬不凋，而且开了花就结果；茶果末摘,接着就开花。这是取一个吉兆,祝福这孩子活得像油茶一样强健。一个很美的风俗。我不知道油茶和山茶有没有亲属关系,我在思想上是把它们归为一类的。凡茶之类,都很能活。

中国是茶花的故乡。茶花分滇茶、浙茶。浙茶传到日本,又由日本传到美国。现在日本的浙茶比中国的好,美国的比日本的好。只有云南滇茶现在还是世界第一。

前几年,江西山里发现黄茶花,这是国宝。如果栽培成功,是可以换外汇的。

茶花女喜欢戴的是什么茶花?大概不是滇茶,滇茶太大。我想是浙茶。而且无端地觉得,是白的。

西山某寺(偶忘寺名)有一棵很大的红茶花。一棵茶花,占了大雄宝殿前的院子的一多半——寺庙的庭院都是很大的。花开时,至少有上百朵,花皆如汤碗口大。碧绿的厚叶子,通红的花头,使人不暇仔细观赏,只觉得烈烈轰轰的一大片,真是壮观。寺里的和尚怕树身负担不了那么多花头的重量,用杉木搭了很大的架子,支撑着四面的枝条。我一生没有看见过这样高大的茶花。

茶花的花期很长。我似乎没有见过一朵凋败在树上的茶花。这也是茶花的可贵处。

汤显祖把他的居室名为"玉茗堂"。俞平伯先生在一篇文章里说,玉茗是一种名贵的白茶花。我在《云南茶花》那本画册里好像没有发现"玉茗"这一名称。不过我相信云南是一定有玉茗的,也许叫作什么别的名字。

樱 花

春雨既住,风和日暖,圆通公园樱花盛开。花开时,游人很多,蜜蜂也很多。圆通公园多假山,樱花就开在假山的上上下下。樱花无姿态,花形也平常,不耐细看,但是当得一个"盛"字。那么多的花,如同明霞绛雪,真是热闹!身在耀眼的花光之中,满耳是嗡嗡的蜜蜂声音,使人觉得有点晕晕乎乎的。此时人与樱花已经融为一体。风和日暖,人在花中,不辨为人为花。

兰 花

曾到一位绅士家做客——他的女儿是我们的同学。这位绅士曾经当过一任教育总长,多年闲居在家,每天除了看看报纸,研究在很远的地方进行的战争,谈谈中国的线装书和法国小说,剩下的嗜好是种兰花。他的客厅里摆着几十盆兰花。这间屋子仿佛已为兰花的香气所窨透,纱窗竹帘,无不带有淡淡的清香。屋里屋外都静极了。坐在这间客厅里,用细瓷盖碗喝着"滇绿",看看披拂的兰叶,清秀素雅的兰花箭子,闻嗅着兰花的香气,真不知身在何世。

我的一位老师曾在呈贡桃园住过几年,他的房东也是爱种兰花的。隔了差不多四十年,这位先生还健在,已经是一位老者了。经过"文化大革命",他的兰花居然能保存了下来。他的女儿要到北京来玩,劝说她父亲也到北京走走,老人不同意,他说:"我的这些兰花咋个整?"

缅桂花

昆明缅桂花多,树大,叶茂,花繁。每到雨季,一城都是缅桂花的浓香,我已于《昆明的雨》中说及,不复赘。

粉团花

粉团花即绣球。昆明人谓之"粉团",亦有理致。

云南民歌:"阿妹好像粉团花。"用绣球花来比拟少女,别处的民歌里好像还未见过。于此可见云南绣球甚多,遍布城乡,所以歌手们能就近取譬。

康乃馨、菖兰、夜来香

康乃馨昆明人谓之洋牡丹,菖兰即剑兰,夜来香在有的地方叫作晚香玉。这都是插瓶的花。康乃馨有红的、粉的、白的。菖兰的颜色更多,粉色的、白色的、黄色的、紫得发黑的。夜来香洁白如玉。昆明近日楼有一个很大的花市,卖花的把水灵灵的鲜花摊在一片片芭蕉叶上卖。鲜花皆烂贱。买一大把鲜花和称二斤青菜的价钱差不多。

美人蕉和波斯菊

波斯菊叶子极细碎轻柔,花粉紫色,单瓣,瓣极薄。微风吹拂,花叶动摇，如梦如烟。

我原以为波斯菊只有南方有，后来在张家口坝上沽源县的街头也看见了这种花，只是塞北少雨水，花开得不如昆明滋润。在沽源看见波斯菊使我非常惊喜，因为它使我一下子想起了昆明。

波斯菊真是从波斯传来的么？那么你是一位远客了。

昆明的美人蕉皆极壮大，花也大，浓红如鲜血。红花绿叶，对比鲜明。我曾到郊区一中学去看一个朋友，未遇。学校已经放了暑假，一个人没有，安安静静的，校园的花圃里一大片美人蕉赫然地开着鲜红鲜红的大花。我感到一种特殊的，颜色强烈的寂寞。

叶子花

叶子花别处好像是叫作三角梅，昆明人就老实不客气地叫它叶子花，因为它的花瓣和叶子完全一样，只是长枝条的顶端的十几撮花的颜色是紫红的，而下边的叶子是深绿的。青莲街拐角有一家很大的公馆，围墙的墙头上种的都是叶子花。墙头上种花，少有。

报春花

我想查一查报春花的资料。家里只有一本《辞海》。我相信《辞海》里是不会收这一条的。报春花不是名花。但我还是抱着姑且查查看的心情翻开了《辞海》,不料竟有!

报春花……一年生草本。叶基生,长卵形,顶端圆钝,基部楔形或心形,边缘有不整齐缺裂,缺裂具细锯齿,上面被纤毛,下面有白粉或疏毛。秋季开花,花高脚碟状,红色或淡紫色,伞形花序2—4轮,蒴果球形。多生于荒野、田边。原产我国云南、贵州。各地栽培,供观赏。

不错,不错!就是它,就是它!难得的是它把报春花描写得这样仔细。尤其使我欢喜的,是它告诉我云南是报春花的老家。

我在北京的一家花店里重遇报春花,栽在花盆里,标价一元一盆。我不禁冷笑了:这种东西也卖钱!我们在昆明,到田边散步,一扯就是一大把!

一九八五年六月九日

昆明年俗

铺松毛

昆明春节,很多人家铺松毛——马尾松的针叶。满地碧绿,一室松香。昆明风俗,亦如别处,初一至初五不扫地——扫地就把财气扫出去了。铺了松毛不唯有过节气氛,也显得干净。

昆明城外,遍地皆植马尾松,松毛易得。

劈甘蔗

春节街头常见人赌赛劈甘蔗。七八个小伙子，凑钱买一堆甘蔗，人备折刀一把，轮流劈。甘蔗立在地上，用刀尖压住甘蔗梢，急掣刀，小刀在空中画一圈，趁甘蔗未倒，一刀劈下。劈到哪里，切断，以上一截即归劈者。有人能一刀从梢劈通到根，围看的人都喝彩。

贴唐诗

昆明有些店铺过年不贴春联，贴唐诗。

昆明较小的店铺的门面大都是这样：下半截是砖墙，上半截是一排四至八扇市板，早起开门卸下市板，收市后上板。过年不卸板，板外贴万年红纸，上写唐诗各一首。此风别处未见。初一上街闲逛，沿街读唐诗，亦有趣。

嚼葛根

春节卖葛根。置市板上，上蒙湿了水的蓝布。葛根粗如人臂。给毛把钱，卖葛根的就用薄刃快刀横切几片给你。葛根嚼起来有点像生白薯，但无甜味，微苦。本地人说，吃了可以清火。管它清火不清火，这东西我没有尝过（在中药店里倒见过，但是切成棋子块的），得尝尝，何况不贵。

掷升官图

掷升官图几个人玩都可以。正方的皮纸上印回文的道道，两道之间印各种官职。每人持一铜钱。掷骰子，按骰子点数往里移动铜钱，到地后一看，也许升几级为某官，也可能降几级。升官图当是清代的玩意，因为有"笔帖式"这样的满官。至升为军机处大臣，即为赢家，大家出钱为贺。有的官是没有实权的，只是一种荣誉，如"紫禁城骑马"。我是很高兴掷到"紫禁城骑马"的，虽然只是纸上骑马，也觉得很风光。